여자로 태어나 대기업에서 별 따기

여자로 태어나 대기업에서 별 따기

저자_ 이택금

1판 1쇄 발행_ 2005. 12. 30
1판 19쇄 발행_ 2019. 8. 12

발행처_ 김영사
발행인_ 고세규

등록번호_ 제406-2003-036호
등록일자_ 1979. 5. 17.

경기도 파주시 문발로 197(문발동) 우편번호 10881
마케팅부 031)955-3100, 편집부 031)955-3200, 팩스 031)955-3111

값은 뒤표지에 있습니다.
ISBN 978-89-349-2050-2 03810

홈페이지_ www.gimmyoung.com   블로그_ blog.naver.com/gybook
페이스북_ facebook.com/gybooks   이메일_ bestbook@gimmyoung.com

좋은 독자가 좋은 책을 만듭니다.
김영사는 독자 여러분의 의견에 항상 귀 기울이고 있습니다.

여자로 태어나
대기업에서 별따기

이택금 지음

김영사

모든 목적지에는 보석이 숨어있다

오랫동안 비행기를 탄 사람이니 비행기 얘기로 말문을 열어야겠다. 어떤 사람이 프랑스를 가기 위해 비행기를 탔다고 치자. 그런데 비행기가 도착한 곳은 엉뚱하게도 네덜란드였다. 파리의 멋진 에펠탑과 예술의 정취가 물씬 풍기는 몽마르트 언덕을 배회하고, 근사한 노천 카페에 들러 맛있는 커피를 마셔야겠다는 꿈에 부풀어 있던 그 사람은 비행기에서 내리는 순간 그만 말문이 막혔다.

"네덜란드라니, 이곳은 내가 오려고 했던 여행지가 아니잖아."

실망이 컸지만 다시 돌아갈 수는 없는 노릇이었다. 할 수 없이 그 사람은 네덜란드를 여행하기로 마음먹었다. 네덜란드의 이곳저곳을 천천히 돌아보던 그 사람은 의외의 풍경들을 보았다. 튤립이 지천으로 아름답게 피어 있었고 풍차가 멋지게 돌아가고 있었으며, 무엇보다 사람들이 사랑스럽고 친절했다. 그 사람은 어느 전원에서 만난 농장 부부와 둘도 없는 친구가 되었다.

비록 그 사람이 꿈꾸었던 프랑스는 아니었지만, 이곳 네덜란드 여행에서 그는 생각지도 못한 풍경과 사람들을 만났고, 네덜란드가 아니었다면 얻기 힘든 아름다운 추억도 갖게 되었다.

우리 인생도 마찬가지라는 생각이 든다. 누구나 나름의 목적지를 갖지만, 꼭 그곳에 도착하게 되지는 않는다. 애초부터 전혀 생각지도 못한 곳으로 가고 있는 자신을 발견하기도 하며, 또 때로는 계획한 대로 가고

있다가도 어떤 계기로 갑자기 도착지가 바뀌는 경우도 있다. 자신의
의지에 의해서 그럴 수도, 혹은 운명이나 다른 외부적 요인에 의해 그럴
수도 있다.

내가 스물세 살에 처음 비행기를 탔을 때는 앞으로 33년간 하늘을 날게
될 거라는 걸 전혀 알지 못했다. 당시만 해도 스튜어디스를 평생직장으로
생각하지 않던 분위기였으므로 나도 적당한 나이가 되면 남들처럼
가정을 갖게 될 줄 알았다. 하지만 어느덧 33년이 흘렀고, 나는
스튜어디스로 입사해 국내에서 처음으로 항공사 임원직에 오른 사람이
되었으며, 또한 이제 스튜어디스로는 첫 정년퇴직을 하는 사람이 되었다.
젊은 시절 내가 생각하지 못했던 도착지이지만, 그 과정에서 나는 많은
것을 배웠고 여러 좋은 사람들을 만났으며, 청춘을 바쳐도 아깝지 않을
특별한 회사를 만나 사랑에 빠졌다. 최선을 다했기에 후회 없고, 그
충만함으로 이제 어디든 새롭게 떠날 수 있을 것 같다.

이 책은 지난 33년간 내가 체험하고 배운 것을 바탕으로, 이제 막 직장
생활을 시작하거나 사회 곳곳에서 열심히 일하고 있는 후배 사회인들,
특히 여성들에게 들려줄 만한 글들을 모은 것이다. 스튜어디스로 입사해,
여자에게는 하늘의 별 따기만큼 어렵다는 대기업 임원이 되기까지 겪고
생각하고 행동한 것들이 담겨 있다.

특히 이 책의 첫 장은 후배 스튜어디스들이 서비스 현장에서 적용할 만한

경험담들을 주로 다뤘다. 옷을 만들건 정치를 하건 음식을 팔건 일을
하는 모든 사람은 서비스직이라는 생각에 동의한다면, 혹은
스튜어디스라는 직업을 가진 사람은 무엇을 하고 어떻게 살아가나 하는
단순한 호기심이라도 가졌던 독자라면 자신의 직업관을 돌아보는 데
적잖은 도움이 될 것이라 믿는다.
언제나 나의 든든한 버팀목이 되어주었던 선배와 동료와 후배들, 나의
가족, 그리고 지난 33년간 내 인생에 소중하고 특별한 여행을 선사해준
대한항공에 감사드린다.
이제 나는 다시 날아간다. 새처럼, 그리고 구름처럼.

2005년 12월
이택금

목차
* * *
*

1장

하늘에서 보낸 33년

마지막 비행은
나와 함께

1

나에게 모든 비행은 늘 첫 비행이었다. 오늘 역시 여느 날과 다르지 않다. 무사히 목적지에 닿아 착륙하는 그 순간까지 긴장을 늦출 수 없다. 오늘은 또 어떤 승객들이 탈지, 기내에서는 어떤 일이 벌어질지 아무도 알 수 없는 것이다. 그러나 오늘은 분명 여느 날과는 다르다. 스튜어디스로서의 마지막 날이기 때문이다. 오늘 이후로는 비행기를 타도 서비스를 하면서가 아니라 받으면서 가게 될 것이다.

동료들로부터 마지막 비행의 감회를 묻는 질문 겸 인사를 받았다. 유니폼을 갖춰 입고 회의실로 가 팀원들과 오늘의 비행에 관한 브리핑을 하는데 아직 실감이 나지 않았다. 정말 오늘이 마지막이란 말이지. 눈물이 나올 것도 같고 웃음이 나올 것도 같았다. 이런 기분을 뭐라 표현할 수 있을까? 적당한 말이 떠오르지 않았다.

나의 마지막 비행기가 드디어 이륙을 시작했다. 감회를 느낄 새도 없이 기내 서비스가 시작되었다. 승객에게 와인을 따르는데 그가 어떻게 알았는지 "마지막 비행이시라면서요? 그동안 수고하셨습니다"라고

여자로 태어나 대기업에서 별 따기

인사를 건넸다. 아무렇지도 않다가 그 한 마디에 울컥하고 슬픔 같은 게 치받치면서 지난 33년간의 일들이 빠르게 머릿속을 스쳐갔다.

상무이사가 되어 3,800여 명의 후배 승무원에 대한 업무 평가와 교육, 고충 상담 등을 맡으면서 비행 근무도 한 달에 70~90시간씩 했다. 그 전에는 한 달에 20일 이상 국제선을 탔기 때문에 대한항공이 취항하는 31개 나라 90개 도시 가운데 가보지 않은 곳이 없었다. 지난 33년 동안 2만 6,226시간, 그러니까 사흘이 빠지는 3년(2년 362일)을 공중에서 살아온 셈이다.

하루하루가 눈 깜짝할 새 지나간 날들이었다. 국제선을 타면 일주일에서 보름 정도는 외국에 체류했고, 그런 탓에 계절이 잘 느껴지지 않았다.

처음 하와이 호놀룰루에 갔을 때가 기억난다. 우리 비행기에 탔던 어느 외국 신사가 호놀룰루에 도착해 차례대로 줄을 서서 입국 수속을 마쳤다. 그가 여권 심사대 밖으로 나가자 해군 복장을 한 병사가 오더니 거수경례를 붙이고 깍듯하게 그를 모시고 갔다. 그 모습이 어찌나 신선한 충격으로 다가오던지. 우리나라의 높은 사람이었다면 여권 심사를 받는 줄에 서지도 않았을뿐더러 아랫사람들이 알아서 먼저 모시고 나갔을 것이다.

우리는 그런 관습을 당연한 것으로 알았다. 지위가 높든 낮든 나이가 많든 적든 누구나 줄을 서서 자신의 순서를 기다려야 한다는 당연한 사실을 새삼 깨닫게 된, 참으로 놀라운 경험이었다.

처음 파리에 갔을 때의 기억도 생생하다. 멋쟁이들만 있다는 프랑스

파리. 서울에서부터 신경 써서 챙겨간 정장을 차려입고 하이힐까지 신고는 파리 시내로 나섰다. 과연 파리지엔은 멋쟁이들이었다. 그러나 그들의 멋은 비싸거나 유명한 브랜드의 옷에서 나오는 게 아니었다. 그것은 바로 자연스러움과 개성이었다. 키 큰 사람은 큰 대로, 작은 사람은 작은 대로, 뚱뚱하거나 말랐거나 모두 자기 체형에 맞게 멋지고 개성 있는 차림들이었다.

초여름이었는데 코트를 입고 부츠를 신은 사람과 미니스커트에 맨무릎을 내놓은 사람이 동시에 거리를 활보하고 있었다. 비슷한 차림새, 누구나 따라가는 유행 따위는 없어 보였다. 이런 옷을 입으면 사람들이 뭐라고 할까, 요새는 아무도 안 입는 이런 스타일로 입어도 될까? 옷을 입을 때마다 고민하던 내 모습이 겹쳐지면서 그들의 자유로움과 자신감이 마냥 부러웠다.

외국에 가기 어려웠던 시절, 스튜어디스라는 직업을 가진 덕분에 일찍부터 다른 문화를 접할 수 있었던 건 큰 행운이었다. 지금이야 누구나 자유롭게 외국을 여행하는 시대가 되었지만 그때만 해도 그런 기회는 흔치 않았다. 내가 아는 세상이 전부가 아니라는 사실, '세계는 넓고 사람도 많다'는 것, 이국의 낯선 풍경과 나와 다른 사람들의 모습이 하나하나 배움이 되었고 깨달음이 되었다.

힘든 일도 많았다. 밤을 새우고 비행하는 일의 고단함, 까다로운 승객들의 이런저런 요구와 불만들, 언제부터인가 꼬리표처럼 붙어다니기 시작한 '여성 최초'라는 수식어, 그에 따른 부담과 외로움, 많은 수의 희생자를 냈던 트리폴리 사고와 그 후유증, 경제적인 어려움과 가정의 우환······.

여자로 태어나 대기업에서 별 따기

한편 보람도 컸다. 객실 전반을 책임지는 사무장이 된 이후 내가 탑 승한 비행기에서는 한 건의 컴플레인도 없었고, 회사에서 능력을 인 정받아 여성으로서는 처음으로 상무라는 자리에 오르기도 했다. 무엇 보다 내가 좋아하는 일을 지금까지 계속 해올 수 있었다는 게 가장 큰 보람이었다. 힘들지만 재미있었고 좋아하기 때문에 적응도 빨리 했다.

'지상직'인 과장으로 발령이 났을 때는 단지 비행기를 탈 수 없다는 이유 때문에 승진도, 여성 최초 과장이라는 타이틀도 달갑지 않았 다. 상무가 된 지금도 나는 여전히 20~30년 후배들과 똑같이 비행기 를 타고 고객에게 서비스를 한다. 아무래도 서비스는 나의 천직인 듯 하다.

"네, 오늘이 마지막 비행입니다. 감사합니다."

다음 승객을 향해 돌아서는 내 눈에 어느새 물기가 어렸다.

첫 직장이자 마지막 직장인 이곳에서 일하는 동안 나는 마치 사장인 양 말하고 사장처럼 행동했다. 내 관할이 아닌 부분에 대한 질문을 받 을 때도 항상 막힘없이 대답했고, 회사에 무슨 일이 생기면 오너처럼 밤잠을 설쳤다. 그만큼 회사를 뜨겁게 사랑했고 내 일을 열정적으로 사랑했다. 그래서 후회도 없고 미련도 없다.

낯설고 아름다운 곳을 여행하기 위해서는 익숙하고 편안한 내 집을 떠나야만 한다. 떠나는 것은 돌아오는 것보다 설레고 기쁜 일이다. 울 일도 섭섭해할 일도 아니다. 떠남은 새로운 만남을 위한 거니까. 내 앞 엔 정년 이후의 또 다른 삶이 펼쳐져 있으니까.

- 일이 쉬워지고 직장이 편해지는 때가 바로 떠나야 할 때이며, 떠날 때는 떠날 수 있음에 기뻐하라.
- 일찍 떠난다는 것은 일찍 모색할 수 있다는 의미다. 설령 원하지 않을 때 떠나게 되더라도 슬퍼하지 말라. 인생의 제2막을 준비할 수 있는 기회가 보다 빨리 찾아온 것이다.

여자로 태어나 대기업에서 별 따기

스튜어디스, 여자가 선택할 수 있었던 최상의 직업

2

여성에게 스튜어디스 이상의 직업도 드물다는 게 내 생각이다. 물론 다른 좋은 직업도 있지만, 여성 인력이 많은 분야다 보니 자신의 여성성을 충분히 발휘하고 스스로가 여성이라는 사실에 자부심을 느끼면서 일할 수 있다.

모성 보호도 잘 되어 있는 편이다. 내가 처음 직장 생활을 시작했던 무렵과는 달리 지금은 여성이 직업을 갖는다는 게 당연한 일이 되었지만 여전히 여성의 취업 문턱은 높기만 하다. 이런 현실에서 한 해 수백여 명의 여성 사원을 채용하는 직종은 그리 많지 않다. 여성이 남성 못지않게, 아니 그 이상으로 공채에 응모할 수 있는 기회가 열려 있는 분야가 바로 스튜어디스다. 내가, 1972년 당시만 해도 희귀한 직업이었던 스튜어디스를 선택한 것도 공채의 기회가 열려 있었기 때문이다.

대학을 졸업한 후 진로를 고민하고 있던 어느 날이었다. 우연히 신문 한 귀퉁이에 실린 스튜어디스 모집 공고를 보게 되었다. 특별히 어떤 일을 하고 싶다거나 그렇다고 결혼을 해야겠다는 생각도 없이 막연히 무슨 일인가를 찾고 있던 차에 그 공고는 내게 뚜렷한 목표 하나를 만들어주었다. 생각해본 적도 없을뿐더러 잘 알지도 못했던, 스튜어디스가 되어야겠다는 생각이 들었던 것.

신문에서 모집 공고를 보기 전까지만 해도 스튜어디스는 외국에나 있는 줄 알았지 우리나라에도 그런 직업이 있는 줄은 몰랐다. 비행기를 타보기는커녕 실제로 본 적도 없었다. 비행기 이륙 장면을 구경하러 김포공항 전망대로 놀러가던 시절이었다.

외국 영화에서나 봤던 스튜어디스……. 한 마디로 멋진 여자들이 매일 비행기 타고 외국 나가고 잘 차려입은 차림으로 우아하게 손님 접대를 하는 직업이라고만 생각했다. 처음엔 내가 감히 그런 일을 할 수 있을까 걱정이 앞섰다. 하지만 무엇보다 외국을 갈 수 있다는 점이 용기를 불러일으켰다. 이민이나 유학이 아니면 거의 외국에 갈 기회가 없었던 그때, 직업도 갖고 해외여행도 할 수 있다는 점은 참으로 매력적이었다.

영어 실력은 그리 좋지 않았지만 다행히 162센티미터 이상의 신장을 요구하는 조건에는 맞았기에 한번 넣어나 보자는 심정으로 입사지원서를 제출했다. 합격하고 싶은 마음이야 굴뚝같았지만 자신감은 없는 상태로 결과를 기다리고 있는데, 드디어 서류 전형 합격 통보를 받았다. 벌써 스튜어디스라도 된 양 기뻤다. 하지만 내 앞에는 지난한 시험 과정이 기다리고 있었다.

시험 과목은 영어와 상식, 체력 검사와 어나운스먼트 테스트, 면접 등이었는데 7개월에 가까운 긴 시간에 걸쳐 차근차근 치러졌다. 한 과목이 끝나면 합격자 발표를 하고 합격자를 대상으로 또 다른 과목을 치르는 식으로 진행되었다. 영어시험은 필기와 듣기, 말하기로 이루어

여자로 태어나 대기업에서 별 따기

졌다. 필기는 그다지 어렵지 않았지만 녹음기를 앞에 둔 시험관과 일 대일로 치르는 듣기와 말하기 테스트에서는 등줄기로 식은땀이 흘러 내릴 정도로 긴장되고 떨렸다.

어찌나 긴장했는지 어이없는 실수를 하기도 했다. 시험관이 영어로 물었다.

"당신은 몇 살인가요?"

너무나 쉬운 질문이었다. 나는 스물셋이었는데 입에서는 엉뚱한 대답이 흘러나왔다.

"서른둘입니다."

시험관의 표정이 좀 이상했다.

"이택금 씨, 긴장을 풀어요. 다시 한 번 말해주겠습니까? 몇 살이죠?"

그의 말을 듣고서야 23(Twenty-three)과 32(Thirty-two)를 혼동해 나이를 잘못 말했음을 깨달았다. 나는 하얗게 질리는 내 얼굴을 느낄 수 있었다. 이렇게 쉬운 대답도 제대로 못했으니 떨어질 게 뻔했다. 그 이후의 질문에는 어떻게 대답했는지 기억도 나지 않았다.

아무래도 운이 좋았던 것 같다. 다행히 나는 영어시험에 합격했고, 상식 시험과 녹음 테스트도 치를 수 있었다. 녹음 테스트는 기내 어나운스먼트를 할 때 쇳소리가 난다든가 지나치게 허스키하다든가 코맹맹이 소리가 나서는 안 되기 때문에 목소리를 들어보는 테스트였다. 그렇게 7개월 가까이 시험을 보는 동안 나는 녹초가 되어 있었다. 합격자 발표가 날 때마다 가슴을 졸이는 일도 이젠 그만하고 싶었다.

마침내 최종 합격자 명단에 이름이 올라 그동안의 고생이 헛되지 않게 되었다. 난 이제 25대 1의 경쟁을 뚫고 당당히 뽑힌 70명(남승무원은 30명)의 승무원 중에 하나가 된 것이었다. KAL 공채 14기로 입사한 우리는 4개월 동안 교육을 받았는데 교육 역시 만만치 않았다. 매일 아침 8시 반부터 유니폼 입는 법, 에이프런을 다리고 구겨지지 않게 접는 법 등 소소한 것부터 전반적인 업무에 대한 각 부서별 강의까지 타이트한 교육이 시작되었다.

비행기 내부 구조를 익히고 출입문 여는 방법, 승객을 탈출시키는 방법 같은 비상 훈련도 받았다. 비상시 대처 요령은 낯선 내용이라 재미있었지만, 점심시간 이후의 영어와 일어 공부는 정말 힘들었다. 강사들은 모두 네이티브 스피커였는데 그런 식의 교육은 처음 접해보는 터라 모두들 긴장할 수밖에 없었다. 게다가 수업은 매우 강도 높게 진행되었다. 학원의 3개월 코스를 1~2주에 끝내는 식이어서 공부할 양이 엄청나게 많았다. 그래서 우리끼리 모이면 이런 말이 오가곤 했다.

"이 정도로 공부하면 고시인들 못 붙겠어."

"고등학교 때 이만큼만 했으면 명문대 수석 입학도 했겠다."

그날 배운 내용은 그날 테스트해 60점 이하는 경고를 받았는데, 학교 다닐 때도 일본어를 공부해본 적 없던 나는 늘 쩔쩔 맸다. 집에 돌아가도 숙제하느라 고단한 몸을 쉴 시간도 없었다. 일본어를 따라가지 못해 스튜어디스 직을 포기한 동기도 있었다. 나는 지금까지도 그 무렵 배운 일어 덕을 톡톡히 보고 있다. 훈련을 받는 4개월 내내 온몸이 욱신거릴 만큼 고된 과정이었다.

요즘도 스튜어디스가 되려는 젊은 여성들의 경쟁은 치열하기만 하다. 내가 입사한 무렵과 비슷한 수준의 경쟁률로, 영어는 물론 그 밖의 조건을 두루 갖춘 인재들이 채용 시즌마다 항공사로 몰려든다. 나는 그동안 1만여 명의 입사 지원자들을 면접했는데, 그처럼 당당한 신세대들도 면접관 앞에서는 떨리고 긴장되기는 마찬가지인 모양이다.

놀라운 것은 처음 입사할 때만 해도 어눌한 말투에 어딘지 어색한 화장, 미숙한 태도를 보였던 설익고 어린 친구들이 반 년에서 일 년쯤 지나면 하나같이 세련되고 친절한 여성으로 거듭나게 된다는 점이다. 화장법도 교육의 큰 부분을 차지하기 때문에 화장 실력도 갈수록 프로가 된다. 무엇보다 피나는 훈련의 결과다.

입사해서부터 퇴직하기까지 정기적으로 치르는 건강 검진과 체력 평가를 비롯해 안전 실습, 영어시험 등을 거치다보면 어느덧 스튜어디스로서의 자질이 놀라울 만큼 향상되어 있는 자신을 발견하게 된다. 체력도 강해지고 어학 실력도 늘뿐더러 고객을 상대하는 매너와 마음가짐도 한층 성숙해진다. 외모가 세련되어지는 것은 물론이다. 신입사원이건 경력사원이건 테스트를 통과하기 위한 과정은 힘들기 짝이 없어도 일단 통과하고 나면 그 뿌듯함은 이루 말할 수 없다. 직업인으로서뿐만 아니라 여성으로서도 한결 나아진 자신을 발견하게 되는 것이다.

나도 그런 변화를 실감하고 있다. 집에 온 손님에게 차를 내본 적도 없던 내가 지금은 수십 명의 손님이 갑자기 찾아온다 해도 거뜬히 접대할 수 있는 자신감이 생겼다. 체력 단련을 위해 꾸준히 해온 운동도 지금 내 건강의 바탕이 되어주고 있다. 사직서를 열 번은 냈을 만큼 힘들 때도 많았지만 그럼에도 불구하고 나는 내가 선택한 직업에 늘 감사했다.

대한항공이라는 회사를 만나 세계 곳곳을 누빌 수 있었던 점, 많은 고객들에게 보다 편안한 여행길이 되도록 서비스할 수 있었던 점, 그런 서비스 속에서 상대방에 대한 배려와 세련된 태도를 배울 수 있었던 점 모두를 나는 진심으로 감사하게 생각한다.

직업은 그저 생활의 방편이 아니다. 또한 직장은 회사를 위해 봉사만 하는 곳도 아니다. 일한 대가로 돈을 번다는 자체를 소중하게 생각하고 열심히 일하며 회사를 사랑해야 하지만, 직장을 다니는 것은 결국 나 자신의 성장을 위한 일이다.

TIP For Success

직장은 나 자신을 위해 다니는 것이다. 스스로를 위해 열심히 일하라.

자격 조건 갖추기는
최소한의 생존전략

3

외부에서는 흔히 스튜어디스의 자격으로 늘씬한 몸매나 아름다운 얼굴 등 주로 외모를 생각한다. 유니폼을 입고 보는 면접 때 외모를 평가하는 것은 사실이지만 꼭 미인만 뽑는 것은 아니다. 예를 들어 유난히 다리가 짧고 허리가 길어 유니폼 입은 모습이 어울리지 않는다든지 인상이나 태도가 좋지 않아 서비스 직종에 부적합할 듯한 사람은 면접시험에 통과하기 어렵다.

그렇다고 늘씬하고 예쁜 사람만 스튜어디스가 될 수 있는 것은 아니다. 23세 이상의 미혼 여성으로 어느 정도 균형 잡힌 체격과 상냥하고 친절한 인상을 지녔다면, 세련되거나 예쁘지 않아도 면접에서 합격할 가능성은 얼마든지 있다. 물론 그 밖의 조건들도 있다. 직업의 성격상 체력과 영어 실력은 필수다. 그러나 그것은 어떤 직업을 선택하든 중요 해당 사항이기 때문에 취업을 앞둔 젊은이라면 누구나 신경 쓰는 부분일 것이다.

외국 항공사에는 나이 지긋하고 '건장한' 스튜어디스도 많은데 우리는 젊고 아리따운 스튜어디스만 있다는 지적도 있다. 그것은, 우리

나라는 항공사의 역사가 짧은데다 여자는 결혼과 함께 퇴사하는 관례가 있었기 때문이다. 그러나 요즘은 결혼했다고 퇴사하는 스튜어디스는 찾아볼 수 없다. 집을 며칠씩 비우기 어려우면 출퇴근 직인 국내선 비행 근무를 지원할 수 있다. 현재 전체 여승무원 3,800명 중 약 40퍼센트가 기혼이며, 물론 이 가운데는 아기 엄마들도 많다.

임신하면 비행기를 탈 수 없도록 되어 있기 때문에 임신한 때부터 출산할 때까지 휴직한 후, 출산이 끝나면 복직해 일주일간의 재교육을 받고 더 열심히 일한다. 이런 '엄마 스튜어디스'들은 어린이나 노약한 승객을 돌보는 일에서 특히 뛰어난 능력을 발휘한다. 결혼과 출산의 경험이 한 여자를 성숙시켜, 이들은 미혼 스튜어디스들보다 궂은일에도 더 잘 인내하고 동료와의 관계도 더 원만한 편이다.

면접 외에 영어시험(필기·듣기·말하기)도 중요한데 A, B, C, D, E로 평가되며 C 미만은 자격 미달이 된다. 산소량이 적고 진동도 있는 비행기 안에서 밤을 새워가며 서비스하는 일은 매우 힘들기 때문에 체력검사와 함께 악력검사도 시험에 포함된다. 체력검사에서는 순발력과 균형감각, 수영 등을 테스트하고, 비행기 안이라는 특수 공간에서 손아귀 힘이 없으면 컵을 떨어뜨려 승객의 옷에 내용물을 엎지르는 실수를 할 수 있기 때문에 10년 전부터는 악력검사가 추가되었다. 특히 책상에 앉아 공부만 했지 집에서 설거지도 거의 해본 적 없는 신세대 여성들은 손아귀 힘이 약한 편이다. 서비스를 힘으로 하는 것은 아니지만 기본적인 체력은 갖고 있어야 한다.

이렇듯 여러 테스트를 통과해 합격하면 4개월 동안 훈련을 받는다. 내가 입사한 무렵에는 맹호부대에서 극기 훈련이 실시된 적도 있었는

여자로 태어나 대기업에서 별 따기

데, 중도포기하지 않았다는 것만으로도 대단한 자부심을 가질 만큼 혹독했다. 새벽 5시 30분에 일어나 구보로 하루를 시작하고, 험준한 산 넘고 혼자 노 저어 강 건너기 등 힘든 프로그램들로 일정이 꽉 짜여 있어 허리 펼 시간도 없을 정도였다.

또한 테스트는 입사 시험만으로 끝나지 않는다. 스튜어디스들은 매년 자신의 생일이 든 달마다 신체검사와 수영 등 체력검사를 받게 된다. 항공의료원에서 기본적인 피검사는 물론, 40세 이상이 되면 여러 특수 검사도 받게 되는데, 임원은 그보다 훨씬 더 많은 특수 검사를 받아야 한다. 이때 자신도 몰랐던 몸의 이상을 발견하게 되어, 병이 드러나는 경우도 많다.

잦은 영어시험도 무사히 통과해야 한다. 영어 실력은 회사가 요구하는 가장 기본적인 조건 중 하나로 6개월 전에 영어시험 예정 공고가 나오면 모두들 시험 준비 태세에 들어간다. 모든 승무원은 토익 700점 이상, 3급 이상의 영어 실력을 갖추고 있어야 하고 과장 이상은 2급 영어는 구사할 줄 알아야 했다.

영어 3급 이하는 해외 출장에서도 제외되었다. 영어 자격을 따지 못해 나중에 고생하는 사람도 많았다. 진급시험에 응시할 수 없는 것은 물론, 아무리 경력이 많고 직급이 높아도 국제선을 타지 못하는 등 조건을 갖추지 못한 대가는 컸다. 요새 입사하는 젊은이들은 토익 700점 이상의 실력을 갖추고 있지만 시험을 통과하지 못하는 경우가 적지 않을 만큼 회사의 시험은 어려운 편이다.

시험을 앞두고 나는 잠깐의 짬도 허투루 보내지 않았다. 출퇴근 시간이나 점심시간, 사람이나 일을 기다리는 시간, 화장실에 있는 시간

등 틈이 날 때마다 영어 공부를 한 덕에 나는 무사히 2급 자격을 갖게 되었다. 당시 우리 부서의 과장직에 있던 5명 가운데 영어 2급 자격을 딴 사람은 내가 유일했다.

지금도 영어 공부는 늘 하고 있다. 새로 배운다기보다는 잊어버리지 않기 위해 기회 있을 때마다 영어로 씌어진 책을 읽고 영어 방송을 청취한다. 기내에서도 가능하면 외국인과 대화를 많이 하려고 노력한다. 사실 골치 아픈 영어 책 안 읽고 편안한 한국어 방송 듣고 싶지만 그런 유혹을 물리쳐야 한다. 영어는 쉬지 않고 해야 감각을 유지할 수 있기 때문이다.

이러한 모든 것은 최소한의 자격 조건일 뿐이다. 먼저 회사가 요구하는 자격을 갖추는 일이 급선무다. 회사가 요구하는 자격, 회사가 정해놓은 규칙, 회사가 바라는 수준을 정확히 파악하고 그에 맞추어야 한다. 조직이 요구하는 범주 안에 들고 나서야 비로소 성공의 고지를 향해 한 걸음 떼어놓을 수 있는 것이다. 스스로 자격을 갖추고 있지 못하면 무언가를 요구할 수도 없다. 우선 자격을 갖추고 그 이후를 도모할 일이다.

TIP For Success

조직이 요구하는 자격을 갖추는 일은 생존을 위한 최소한의 전략이다.

여자로 태어나 대기업에서 별 따기

체력은 기본이다

4

아무리 강조해도 지나치지 않은 것이 바로 건강이다. 승무원에게 건강이란 일을 계속할 수 있느냐 없느냐와 직결된 문제다. 해마다 실시하는 건강검진에서 결격 사유가 되는 이상 수치가 나오면 절대로 비행을 할 수 없고, 직원들의 건강을 책임지는 항공의료원에서는 정상이 될 때까지 이들을 관리해주어야 한다.

정기적인 체력검사를 앞두고 승무원들은 피나는 연습을 한다. 그러나 하루 이틀 연습한다고 해서 갑자기 체력이 좋아지는 것도 아니고, 체력이 없으면 버티기 힘든 직업이기 때문에 평소의 건강관리가 무엇보다 중요하다. 비행기를 타는 일은 중노동에 속한다. 산소가 부족한 공간이라 눈은 늘 따갑고 쑤시며 앉을 시간이 별로 없는 탓에 다리는 퉁퉁 붓기 일쑤다. 잦은 밤샘 근무에 식사도 불규칙해 위장장애도 많다. 또한 심장 질환과 디스크에도 취약한 편이다. 휴일 8일을 빼면 이렇게 한 달에 60~90시간, 성수기에는 90~100시간씩 비행기를 탄다.

운항을 책임지는 기장의 경우는 더더욱 건강이 중요할 수밖에 없다. 산소가 부족한 공간에서 심장 발작을 일으킬 위험이 높기 때문에 그들은 거의 목숨을 걸고 운동한다. 이런 이유들 때문에 공중 근무는 특별 위험수당이 추가되는 등 지상 근무보다 월급이 많다.

나 역시 체중조절과 함께 건강관리에 늘 신경을 쓴다. 음식은 한 숟가락만 더 먹고 싶다고 느낄 때 수저를 놓고, 탄산음료나 당분이 많은 음료 대신 물을 많이 마신다. 나이가 들수록 신진대사량이 줄어 젊을 때보다 음식은 적게 먹고 운동을 많이 해야 정상 체중을 유지할 수 있다.

운동도 열심히 한다. 비행이 끝나고 피로한 몸을 그대로 두면 더 피곤해지기 때문에 몸의 피로를 적절히 풀어주어야 하고, 공중에서 주로 생활하는 탓에 땅도 많이 밟아줘야 한다. 운동은 스트레스 해소에도 그만이다. 상사에게 질책을 받거나 골치아픈 일이 생긴 날에는 좀 격렬하게 운동한다. 땀을 뻘뻘 흘리다보면 다 잊게 된다.

쉬는 날이면 등산을 즐겨 하고 매일 아침은 운동으로 시작한다. 아침 6시면 잠자리에서 일어나는데, 제때 일어나지 못하면 더 자고 일어난다고 해도 하루 종일 피곤하기는 매한가지라 기상 시간은 비교적 정확한 편이다. 나는 답답한 실내보다 신선한 공기를 마시고 나무들도 볼 수 있는 실외 운동이 좋아 5년 전부터는 하루도 빠짐없이 집 근처 공원으로 나간다. 한 시간 반 동안 스트레칭과 줄넘기, 자전거를 타고 돌아오면 몸도 가뿐하고 그날 하루도 멋지게 시작할 수 있는 자신감이 생긴다. 비행 때문에 외국에 체류할 때는 그 조건에서 할 수 있는 운동을 찾아 한다. 조깅이나 수영, 피트니스 같은 운동들이다.

이렇게 하루도 빠짐없이 운동한 지 15년이 되어간다. 지상직이었던 부장 시절에는 집에서 김포까지 출근하는 데 한 시간 반이 걸려 운동은커녕 잠자는 시간도 모자랐지만 억지로 짬을 내어 3년 내내 수영장을 찾았다. 새벽 5시, 세수도 하지 않은 채 집을 나와 버스 안에서 부족한 잠을 청하다보면 어느새 김포에 도착한다. 회사 근처의 88체육관에서 한 시간 동안 수영을 하고 샤워와 화장을 끝낸 후 사무실에 도착하면 8시. 정확히 출근 시간이었다. 그렇게 매일 수영을 하면서 건강도 좋아졌고 삶의 여유도 생겼다. 매일 아침을 상쾌한 기분으로 시작하니, 시간에 쫓기는 게 아니라 내가 시간을 지배한다는 느낌이 들었다. 단지 한 시간 덜 자고 수영을 했을 뿐인데도 그랬다. 한 시간의 가치가 얼마나 대단한가를 그때 절실히 느꼈다.

수영은 관절에도 무리가 가지 않는 훌륭한 유산소 운동일뿐더러 비상시에는 생명을 구하는 중요한 수단이 된다. 재활치료로서도 큰 역할을 한다. 1989년 트리폴리 사고로 부상을 당해 걷지 못할 때, 나는 물속을 걷는 연습을 하면서 업무 복귀를 준비했었다.

운동의 장점은 열거하기 힘들 정도다. 건강 외에도 우선 생활에 탄력과 균형이 생긴다. 제 시간에 운동을 함으로써 규칙적인 생활이 가능해지고, 몸과 마음이 부지런해진다. 시간이 없다는 말은 운동하지 않는 사람들의 예외 없는 변명이지만, 시간은 없을 때 더 탄력적으로 쓸 수 있고 우리는 바쁠 때 더 많은 일을 할 수 있다.

운동을 하면 의지력도 강해진다. 조금만 더 자자, 오늘만 쉬자 같은 유혹을 물리치고 운동화 끈을 졸라매며 밖으로 나가는 순간들이 모여 강한 의지력을 이룬다. 가빠오는 숨을 고르고 통증을 견디다보면 어느 순간 운동이 놀이처럼 쉽고 즐거워진다. 스스로가 대견해진다.

　스튜어디스처럼 중노동에 속하는 일을 가진 경우뿐이랴. 직장인이라면 누구나 운동을 시작해야 한다. 이젠 건강도 능력인 시대다. 건강한 사람이 일도 잘하고 운동하는 사람이 의지도 굳다. 열심히, 꾸준히 운동하는 사람은 그 자체만으로 좋은 평가를 얻게 마련이다. 건강관리는 자기관리의 첫걸음이다.

TIP For Success

직장인의 자기관리

끊임없이 운동하라.
비만은 둔해 보일 뿐 아니라 건강의 적신호다. 또한 운동 속에서 자신감과 의지력이 생긴다.

감정을 조절하라.
아무리 화가 나고 짜증스러워도 그대로 표출하지 말라. 감정 조절에 실패하면 대인관계에서도 실패한다. 침착하고, 인내하라.

규범 안에서 행동하라.
조직의 규범 안에 있을 때 조직의 상층부로 올라갈 기회가 주어진다. 규범 바깥에 있는 사람에게는 기회조차 오지 않는다.

자신의 모습을 돌아보라.
누구나 스스로를 과대평가하게 마련이다. 이런 함정에서 벗어나 객관적인 자기 모습을 볼 수 있어야 한다. 그러기 위해서는 항상 나는 회사에서 어떤 존재인지 냉정하게 자기 자신을 바라봐야 한다. 그래야 내가 설 자리가 보인다.

처녀비행

5

드디어 내 생애 최초의 비행이 찾아왔다. 기대와 설렘으로 잠 못 이루는 소풍 전날의 아이처럼, 난생처음 타보게 될 비행기 생각에 며칠 전부터 잔뜩 들떠 있었다. 영화에서나 보았던 비행기……. 지금은 '관습 비행' 또는 '시승 비행'이라고 해서 근무에 투입되기 전 실제 비행기를 타보는 과정이 마련되어 있다. 그러나 그때만 해도 스튜어디스들이 훈련 삼아 탈 수 있는 비행기는 물론, 좌석의 여유도 없었다. 대신 영등포의 공군부대에서 비행기와 똑같은 시설(Mock-up)을 빌려 모의 훈련을 받았다. 비행기 양쪽 문으로 열 명씩 올라타면 스피커를 통해 군인 아저씨의 목소리가 들렸다.

"지금부터 비행기 이륙합니다. 산소가 희박해지면서 현기증이 일어날 수 있으니 그런 사람은 손을 드세요. 자, 시작합니다. 벨트 매세요."

우웅 하고 이륙하는 소리가 들리더니 머리가 어쩔하면서 속이 메스꺼워지기 시작했다. 다른 동기들도 그런 눈치였지만 손으로 입을 막거나 "어머나!"를 연발할 뿐 손을 드는 사람은 없었다. 비행기 멀미를 한다는 게 부끄러웠던 것이다. 같이 탄 선배 스튜어디스는 "힘들면 왔다

갔다 하지 말고 가만히 서 있어요. 그래도 안 되면 의자에 앉고, 정 못 견디겠으면 바닥에 앉아요"라고 조언했다.

우리는 선배의 말을 따라 가만히 서 있거나 의자에 앉았다. 그래도 나아지지 않았다. 그때 또 군인 아저씨의 목소리가 들렸다.

"멀미합니까?"

그제야 우리는 "네!" 하고 대답했고 기체는 고도를 낮추며 착륙했다. 잠깐 동안이었을 뿐인데도 머리가 핑핑 돌고 정신이 아뜩해져 밖으로 나오자마자 주저앉고 말았다.

'이렇게 멀미가 나는데 앞으로 비행기를 어떻게 타지? 아냐, 진짜 비행기는 훨씬 크니까 그만큼 멀미도 덜할 거야.'

마침내 진짜 비행기를 타게 되었다. 서울에서 제주까지 갔다가 기내 청소가 끝난 후 바로 되돌아오는 짧은 노선이었고, 대부분 신혼여행 가는 부부들이 탄다고 했다. 멀미가 걱정되긴 했지만 비로소 내가 진짜 스튜어디스가 된다는 생각에 온 세상이 내 것인 것만 같았다. 그때까지만 해도 내가 아는 스튜어디스란 예쁘게 꾸미고 비행기 안을 왔다 갔다 하면서 승객과 영어로 대화하는, 이를테면 우아하고 깔끔한 직업이었다. 하지만 막상 비행기를 타보니 결코 우아하지도 깔끔하지도 않았다. 게다가 부끄럽기까지 했다.

마침내 나는 비행기에 올랐다. 제트여객기 Focker100. 탑승 인원은 100명이 채 못 되었고 승무원은 나와 스튜어드 하나, 단 둘이었다. 비행기는 처음부터 내게 호락호락하지 않았다. 기내로 들어가는 순간, 생소한 기계 냄새에 거부감부터 들었다.

'이런, 이러면 안 되는데.'

출입문이 열리고 승객들의 탑승이 시작되었다. 가슴이 떨렸다. 인사를 하는데 승객들이 나만 쳐다보는 것 같아 괜히 얼굴이 붉어졌다. 고개를 숙이고 "어서 오십시오"라고 말하는 일이 왜 그렇게 어색하던지. 그러나 그건 시작에 불과했다. 지금은 비상시 대처 수칙이 비디오로 방영되지만 내가 첫 비행을 했던 무렵은 기내에 VTR이 장착되어 있지 않아 여승무원이 승객들 앞에 서서 일일이 시연을 해야 했다. 이륙 직전에 비상시 산소마스크와 구명복 착용법, 취해야 할 자세와 탈출 방법 등을 행동으로 보여주는 것이다.

"지금부터 비상용 구명복과 산소마스크 착용법을 설명 드리겠습니다."

사무장의 안내방송이 시작되었다. 이제 그동안 수차례 연습했던 동작을 선보여야 할 때다. 하지만 나만 빤히 쳐다보고 있는 승객들 앞에서 눈을 어디에 둬야 할지 몰랐다. 어색함을 무릅쓰고 리듬감 있는 동작으로 구명복을 입어 보이고 산소마스크를 써 보였다. 비상구 위치를 설명할 때는 팔을 크게 뻗고 몸을 돌려 앞쪽, 중간, 뒤쪽 출입문을 가리켰다. 이 모든 동작들이 마치 무용하는 듯 보였던 모양이다.

"하하, 완전히 무용이네."

여기저기서 웃음소리가 들려왔다. 맨 앞에 앉은 내 또래 청년은 유난히 큰소리로 웃어젖혔다. 얼굴이 빨갛게 달아오르고 어서 그 자리를 피하고만 싶었다. 실수하지 않으려고 긴장하며 진지하게 동작을 취해 보이다가 웃음거리만 되고 말았다. 내가 무얼 잘못해서가 아니라 승객들은 그런 여승무원의 모습을 보고 즐거워하기 때문이라는 사실을 알게 된 건 몇 차례 더 비행기를 탄 뒤였다.

한번은 산소마스크 착용법을 시연할 차례가 되었는데 발밑에 놓아두었던 산소마스크가 감쪽같이 사라지고 없었다. 승객들은 내 다음 동작을 기다리고 있고 나는 영문을 몰라 어쩔 줄 모르고 있었다. 정말 난감한 일이 아닐 수 없었다. 그때, 바로 내 앞에 앉은 남자 승객이 불쑥 산소마스크를 내미는 게 아닌가.

"이거 찾아요? 여기 있지요!"

여기저기서 웃음소리가 터져나왔다. 짓궂은 승객이 나 몰래 산소마스크를 감춰두었던 것이다. 승객들은 당황하는 스튜어디스의 모습을 보고 아주 즐거워했다.

시연이 끝나고 기체가 이륙을 시작했다. 나는 사탕이 가득 담긴 예쁜 바구니를 들고 앞에서부터 승객들에게 다가가 사탕을 집을 수 있게 했다. 아주 단순하고 쉬워서 당연히 걱정해본 적도 없는 일이었다. 하지만 현장에서 벌어지는 '실제 상황'은 언제나 짐작과는 다른 법이다. 뚫어지게 얼굴을 쳐다보는 승객들 때문에 얼굴이 화끈거렸고, "사탕 드세요"라는 말도 잘 나오지 않았다. 그때까지 누구에게 서비스라는 것을 해본 적이 없었던 나는 그런 상황이 너무나 어색했다. 게다가 멀미가 시작되고 있었다. 서빙은커녕 내가 죽을 지경이 되자 승객들 안 보이는 곳에서 구토용 봉지만 찾았다. 지금처럼 큰 기종이 아니어서 멀미는 더욱 심했다. 제주도까지 어떻게 갔는지 정신이 하나도 없었다. 청소를 위해 기내로 들어온 직원들은 기진맥진한 내 모습을 보고 한 마디씩 했다.

"쯔쯧, 저래 가지고 무슨 비행기를 탄다고……."

서울로 돌아오는 비행기에서는 겨우 시연만 하고 앉아 있을 수밖에 없었다. 귀가해서도 녹초가 되어 쓰러지듯 잠자리에 들었다. 이튿날도 하루 종일 끙끙 앓느라 자리에서 일어나지 못했다.

나처럼 첫 비행을 마친 동기들은 삼삼오오 모여 처녀비행의 소감을 털어놓았다.

"너는 어땠니?"

"창피해서 얼굴을 못 들겠더라. 다시 하기 싫어."

"나도 그래. 이 일을 계속 해야 하는 걸까?"

정보를 주고받기도 했다. 주로 멀미에 관한 내용이었다. 다들 나처럼 멀미 때문에 고생을 한 모양이었다. 밥을 굶고 타면 토하지 않는다는 대단한(?) 정보를 얻은 것도 그들에게서였다. 결국 나는 한동안 끼니를 거른 채 배고픈 상태로 비행기를 타야 했다. 그러나 정작 멀미가 사라진 것은 몇 달이 지난 후부터였다.

산뜻한 유니폼에 하얀 장갑과 모자를 쓰고 폼만 잡으면 될 줄 알았던 내 기대는 이미 무너져 있었다. 내 첫 비행은 환상을 깨는 연습에 불과했다. 그래도 완전히 희망을 버린 것은 아니었다. 내게는 아직 국제선이 남아 있었다. 국제선을 타면 좀더 그럴듯하고 멋진 일을 하게 되리라 자위하고 처음 외국에 나간다는 사실에 대단히 기대를 하고 있었다.

1970년대 초, 스튜어디스란 흔한 직업은 아니었다. 비행기 규모도 크지 않을뿐더러 수도 많지 않아 지금처럼 승무원들이 많지 않았다. 물론 비행기를 타본 사람도 극소수였다. 비행기라는 것 자체가 드물고 낯선 때여서 집을 나서면 동네 사람들이 이런 말을 하는 소리가 들리곤 했다.

"저 집 딸은 대단해. 비행기 타고 맨날 미국 다닌대. 집에 있는 날이 거의 없다지?"

"만나는 사람들도 대단하대. 높은 사람들만 상대한다더라."

"우리 같은 사람들이야 어디 비행기를 타봤어야 말이지."

친구들은 하나같이 비행기를 타면 무섭지 않느냐고 물었고, 외국에 나갈 수 있다는 사실을 부러워했다. 한 마디로 나는 선망의 대상이었다. 스스로도 우쭐해져서 콧대가 하늘을 찌를 듯했다. 실상은 전혀 그렇지 못하면서도.

여자로 태어나 대기업에서 별 따기

시니어와
주니어의 차이

6

국내선을 탄 지 1년쯤 지났을 때 드디어 내게도 국제선을 탈 기회가 주어졌다. 그러나 시간이 짧은 만큼 많은 서비스가 필요하지 않은 국내선에 비해 국제선에서는 더 많은 일을 해야 했고, 환상이 깨지기는 마찬가지였다. 게다가 홍콩행 비행기였는데 그날로 돌아오는 퀵 터닝(Quick Turning)이어서 홍콩에 머무를 시간도 없었다. 도착해 기내 청소만 끝나면 곧 돌아와야 했다.

내가 탄 비행기는 가장 큰 기종 DC-8이었다. 한 줄에 여섯 명씩 모두 230명의 승객이 타고 있었다. 승무원도 국내선보다 많았다. 앞쪽과 뒤쪽에 있는 각 갤리(기내 주방)에는 스튜어드 한 명과 시니어, 주니어 스튜어디스 두 명씩이 배치되었다.

물론 국내선보다 할 일도 많았다. 뭉치로 실리는 신문을 손이 새까매지도록 일일이 세팅하고, 음료 나가기 전에 얼음 깨고, 식사 서비스를 위해 오븐에 음식을 데워야 했다. 그때만 해도 잔 얼음을 얼리는 기계가 없어서 바위만한 얼음덩어리를 얼음송곳으로 깨뜨렸는데 그 일도 만만치 않았다. 또 음식을 데우다가 오븐에 손을 데기도 했다. 비좁은 갤리 안에서 동료들과 이리 부딪치고 저리 부딪치면서 시간에 맞춰 음식을 준비하느라 온몸은 땀으로 범벅이 되었다.

그렇게 준비를 끝내면 양 손에 하나씩 트레이를 들고 통로에 서 있는 시니어에게 식사를 '배달' 해야 했다. 주어진 시간 안에 끝내야 승객들이 제시간에 식사를 할 수 있다. 내가 얼마나 빨리 나르느냐에 따라 승객들은 거의 같은 시간대에 식사를 할 수도 있고 다른 승객이 식사를 마치고 차를 마실 때 아직도 식사를 못한 승객이 생길 수도 있는 것이다. 하지만 시간이 갈수록 속도가 떨어지게 마련이었다. 힘이 달리니 속도도 처졌다. 시니어가 서서 기다리는 통로 중간 지점까지가 얼마나 멀게 느껴지는지 몰랐다.

음식을 떨어뜨리지 않게 균형을 잡으면서 속도를 내기란 참으로 힘들었다. 팔 다리도 떨어져나가는 듯했다. 하지만 시니어가 그런 사정을 봐줄 리 없었다. 저만치 서서 나를 기다리고 있는 시니어의 심상치 않은 눈빛이 느껴졌다. 가까이 다가가자 그녀가 무섭게 눈을 부라렸다. 주위에 승객들이 있으니 말은 못하고, 눈빛으로 전하는 무언의 명령이었다. '제발 좀 빨리빨리 해!' 알았다는 표시로 고개를 끄덕이며 트레이를 건네자 그녀가 받아 손님 앞에 내려놓으며 말했다.

"손님, 식사하세요."

그 순간, 나는 보았다. 노련하고 우아하며 세련된 '여우' 하나를. 좀 전의 무서운 표정은 순식간에 사라지고 태도가 180도로 돌변해 이 세상에서 가장 친절하고 가장 상냥한 스튜어디스가 된 경험 많은 선배를.

여우같은 그 모습이 참으로 아름다웠다. '와! 괜히 시니어인 게 아니로구나. 서비스하는 사람의 태도는 저래야 하는구나.' 나는 그녀의

여자로 태어나 대기업에서 별 따기

우아한 연출력과 능숙한 진행 기술이 놀랍고 존경스럽기만 했다.

배달이 끝나고 나도 서빙을 할 차례가 왔다. 그런데 하필이면 그때 기체가 흔들리기 시작했다. 국내선 비행 때와는 차원이 다른 흔들림이었다. 손님 앞에 음식을 내려놓는 순간 나는 중심을 잃었고, 그 바람에 에이프런에 음식을 쏟아버리고 말았다. 승객들 앞에서 너무나 부끄러운 실수였다. 다른 선배들은 조금의 흔들림도 없이 우아하게 서빙을 하고 있었다.

서둘러 갤리로 들어가 물로 대충 에이프런을 닦은 뒤 다시 서빙을 시작했다. 시간은 빠듯하고, 또 실수할까 봐 중심을 잡는 데 온 신경을 집중했다. 그렇게 정신없이 승객들에게 음식을 냈는데, 끝날 때쯤에야 내가 트레이를 거꾸로 내려놓았다는 사실을 알게 되었다. 메인 식사와 디저트를 반대로 놓은 것이었다. 손님은 손님대로 이게 맞겠거니 하고 되돌려놓지 않은 채 그냥 식사를 했다.

나의 첫 국제선 비행은 한 마디로 엉망진창이었다. 홍콩까지 세 시간 동안 정신이 하나도 없었다. 소득이 있다면 어떤 상황에서도 당황하거나 서두르지 않고 적절히 대처하는 선배들, 늘 친절하고 유연한 그녀들의 모습이 머릿속에 또렷하게 남았다는 것. 나는 나도 모르게 그녀들을 배워가고 있었다.

직접 보고 느끼는 것만큼 큰 교육은 없고, 경험은 그래서 중요하다. 기대와 환상이 깨져가면서 온몸으로 부딪치고, 실수를 통해 하나하나 배워가면서 나는 차츰 스튜어디스로서의 자세가 잡혀가기 시작했다. 신입사원 교육 때 철저한 훈련을 받았고 선배들의 조언을 통해 많은 지침도 얻었지만, 직접 체험한 것만큼 도움이 되지는 않았던 듯하다.

모든 첫 경험은 다음 기회를 위한 도약의 발판이다. 그러나 모든 경험이 첫 경험이어서는 안 된다. 그게 무엇이든 배우는 게 있어야 하고, 처음 한 실수를 되풀이해서는 안 된다. 알다시피 조직은 철저하고 냉정한 속성을 지녔다. 첫 경험에서 배우지 않는다면, 처음보다 나아지지 않는다면 발전할 수 없고 좋은 평가를 받을 수도 없다. 배우지 않는 한, 성공의 길은 요원하다.

- 경험을 소중히 하라. 그러나 경험에서 배우지 않는다면 아무 소용도 없다.
- 경험할 수 없다면 경험자를 보고 배워라. 조직이 괜히 '경력'을 원하는 게 아니다.
- 실수를 그냥 돌려보내지 말라. 실수는 나를 가르쳐주러 일부러 먼 길을 찾아온 스승이다.

여자로 태어나 대기업에서 별 따기

서비스는 인간에 대한
배려다

7

서비스는 고객에게 만족을 넘어
감동을 줄 수 있는 것이라야 한다.
그리고 그럴 수 있으려면 고객의
마음까지 읽어야 한다.

주니어 시절의 나는 단순하게 기내식을 서빙하고 인사만 하면 그게 서비스인 줄 알았다. 주어진 일을 정확하게 해내는 것으로 내 임무를 완수했다고 생각했다. 그러나 근무 연한이 늘어나면서, 기계적인 서비스는 진정한 의미의 서비스가 아님을 알게 되었다. 굳이 표현하자면 주니어 시절에 내가 했던 것은 물질적인 서비스였고, 지금은 정신적인 서비스라고 할 수 있다.

승객의 표정을 보면 내 서비스를 어떻게 받아들이는지, 그 마음이 읽혀지기도 했다. '아, 이렇게 하니까 좋아하시는구나. 이렇게 하면 달가워하지 않으시는구나.' 그런 깨달음은 내 서비스의 질을 한 차원 높이는 밑거름이 되었다.

1970년대에 미국에 가는 경우는 대부분이 이민이었다. 그런 승객들은 모두 엑스레이 필름이 담긴 봉투를 가슴에 안은 채 탑승을 했다. 건강을 증명하는 엑스레이 필름이 있어야 미국에 들어갈 수 있기 때문에 행여 구겨질까봐 소중히 품에 안고 있었던 것이다. 그런 승객들 중에는 미군 병사와 결혼해 고국을 떠나는 여성들이 꽤 많았고, 그녀들의 눈은 하나같이 눈물로 젖어 있었다.

여행이라는 것 자체가 이별이기 때문에 가족과 헤어져 이민을 가는 승객들에게는 아무리 좋은 음식이 나온들 위안이 되지 못했다. 그보다는 마음의 서비스가 필요했다. 그런 승객이 보이면 사무장이 다가가 묻곤 했다. 다 알고 있으면서도.

"무슨 일로 미국에 가십니까? 여행을 가시나요, 아니면 일 때문에 가시나요?"

그렇게 이야기를 끌어내 사연을 듣고 음식을 권하기도 하며 위로해주고는 했었다.

당시에는 홀트 아동복지회의 직원들이 해외로 입양되는 어린아이들을 데리고 탑승하는 모습도 드물지 않게 보이는 풍경이었다.

지금은 예전처럼 눈물을 흘리며 비행기를 타는 승객은 찾아보기 어렵지만, 여전히 지치고 슬픈 표정의 승객들이 드물지 않게 보인다. 처음에는 그런 손님에게 다가가 이것저것 보살펴주고 따뜻한 말 몇 마디라도 건네려 했지만 지금은 최대한 홀로 편히 쉴 수 있게 배려해준다.

로스앤젤레스에서 서울로 오는 비행기에서 있었던 일이다. 어느 남자 승객이 열두 시간이 넘도록 한 번도 식사를 하지 않았다. 걱정이 된 스튜어디스들이 다가가 이것저것 묻고 식사를 권하기도 했지만 그분은 모두 귀찮아할 뿐이었다. '몸이 많이 편찮으신가, 메뉴가 마음에 안 들어서 그러신가, 우리가 무얼 잘못했나…….' 무엇보다 고객이 서비

여자로 태어나 대기업에서 별 따기

스에 불만을 가진다는 것 자체가 두려운 일이기 때문에 승무원들은 거의 안절부절못하고 있었다.

내가 다가가 물었다.

"저, 손님. 오랫동안 식사를 안 하셔서…… 시장하지 않으신지요?"

그분은 고개를 저었다.

"혹시 마음에 안 드는 일이 있으신지 여쭤봐도 되겠습니까?"

이번에도 대답이 없었다.

"저희가 부족한 점이 있으면 시정하겠습니다."

마침내 그분이 입을 열었다.

"나를 그냥 놔뒀으면 좋겠소."

"……?"

"어머니가 돌아가셔서 서울로 가는 길입니다. 그러니 날 좀 내버려 둬요."

고객의 마음까지 읽는 서비스란 어떤 것인지 나는 그날 깨달았다. 서비스는 인간에 대한 배려다. 보이지 않는 마음까지 읽을 수 있을 때 진정한 서비스가 나온다. 물론 말처럼 쉬운 일은 아니다.

서비스란 사람을 보살피는 것은 물론, 고객의 마음을 헤아려 심신을 편안하게 해주는 일이다. 그러나 그 일이 결코 쉽지 않거니와 그렇게 하려면 나 자신이 매우 피곤하다. 짜증이 날 때도 있다. 하지만 서비스란 그런 어려움을 감수할 만큼 충분히 가치 있는 일이다. 사람을 배려하는 일보다 좋은 직업이 또 있을까. 서비스란 인간의 존엄성을 일깨우는 일이기도 하다. 서비스 받는 사람으로 하여금 자신이 소중한 존재라는 사실을 깨닫게 하고, 소중한 존재로서 합당한 대우를 받을 수 있도록 하는 일이다.

명백하게 서비스 직종으로 분류되는 직업뿐 아니라, 다른 어떤 직업을 가졌더라도 모든 사람은 서비스 마인드를 갖추어야 한다. 우리는 자신의 직업으로 다른 사람들에게 서비스를 하고 있기 때문이다. 우리가 하는 일은 어떤 식으로든 타인과 관계를 맺고 있으며, 인식하지 못할 뿐 고객은 어디에나 존재한다. 사외 거래처는 물론 사내의 상사나 부하직원 역시 일종의 고객이며, 고객을 감동시키지 못하는 한 직업 세계에서 성공하기는 힘들다. 직업 현장에서뿐 아니라 일상생활에서도 서비스 마인드는 필요하다. 우리가 지극정성으로 고객을 대하듯 내 가족을, 내 친구를, 내 이웃을 대한다면 우리의 삶은 보다 풍부해질 것이다.

백화점 직원이 인형같이 웃으며 직각으로 허리를 굽혀 인사하는 것만이 서비스가 아니라는 인식은 이미 널리 퍼져 있다. 정치도 통치가 아니라 대 국민 서비스라는 개념으로 인식이 바뀐 지 오래다. 공무를 행정 서비스로 인식하기 시작하면서 공무원들의 고압적인 자세도 많이 사라졌다.

운전을 하건, 노래를 하건, 정치를 하건, 모든 직업은 서비스직이다.

서비스 마인드를 갖고 모든 일을 대하면 그만큼 성공의 가능성은 높아진다. 서비스는 마음이기 때문이다. 마음가짐이 달라질 때 얼마나 큰 변화가 오는지 누구나 경험한 적이 있을 것이다. 서비스 마인드는 우리를 더 즐겁게, 더 열심히 일하게 한다.

서비스 십계명

1. 업무에 숙달하라.

일을 잘하는 것이 서비스를 잘하는 것이다. 업무 관련 지식은 물론, 업무의 흐름을 꿰뚫고 있어야 한다. 능숙하게 일하는 속에서 최상의 서비스가 나온다.

2. 깨끗한 외모와 단정한 자세는 필수다.

신뢰감을 줄 수 있는 외모를 가꾸는 데 인색하지 말라.

3. 성실하고 진지한 자세를 보여라.

서비스의 질은 당신의 태도에 달려 있다. 언제든, 누구 앞에서든 머리를 숙일 준비가 되어 있어야 한다.

4. 고객 입장에서 이해하라.

내가 고객이었던 경험을 떠올리고, 그때 내가 원했던 대로 고객을 대하라.

5. 즐겁게 일하라.

억지로 웃는 것보다는 즐거워서 웃는 게 쉬운 일이다. 어차피 해야 할 일이라면 즐겁게 일하라. 고객도 즐거워할 것이다.

6. 적극적으로 대처하라.

열심히 하는 모습을 보여주는 것이 클레임 해결의 기초다.

7. 모든 고객을 신으로 모셔라.

모든 고객은 평등하다. 나이가 많고 적음에 관계없이, 지위가 높고 낮음에 상관없이 똑같이 존중받아야 한다.

8. 고객을 이롭게 하라.

그것이 결국 내가 이로워지는 길이다.

9. 마음까지 읽어라.

고객이 무엇을 원하는지, 무엇을 기대하는지 파악하라. 조금만 더 주의를 기울이고 신경을 쓰면 그다지 어렵지 않은 일이다. 고객이 요구하기 전에 알아서 먼저 해주는 서비스가 되게 하라.

10. 지난 업무에 대해 리뷰하라.

같은 실수를 반복하지 말라. 반추와 그에 따른 실천을 통해 서비스를 개선하라. 서비스도 진화해야 한다.

맞춤 서비스란

8

1970~80년대 국제선 비행기에는 중동으로 나가는 건설 근로자들이 많이 탑승했었다. 직항 노선이 없어서 방콕을 경유했는데, 기착지에서 다음 팀과 근무를 교대하기까지 여섯 시간 내내 앉아서 쉴 틈이 없을 만큼 일이 많았다. 게다가 기내는 비행기라기보다 마치 장거리 시외버스나 시장바닥을 연상시켰다.

먼 타국으로 일하러 간다는 긴장 때문에 중동으로 떠나는 비행기는 덜했지만, 서울로 돌아오는 경우는 지나치게 자유스러웠다. 큰 소리로 말하고, 떠나갈 듯 웃고, 술 마시고 주정하는 승객들이 태반이었다. 88 올림픽을 대비해 채용한 보안승무원이 한두 명 함께 탈 때라, 그런 손님들에게는 보안승무원이 대응하곤 했었다.

착륙 전 영어로 쓰는 입국카드를 작성할 때도 도움이 필요한 승객들이 많았다. 각 건설회사마다 송출인력 담당 과장들이 같이 타서 자신이 인솔하는 수십 명의 입국카드를 대신 써주었지만, 그러다보면 시간이 모자라 승무원들도 팔을 걷어붙이고 나서야 했다.

요즘이야 갖가지 서양 음식을 먹을 기회도 많고 외식이 하나의 생활로 자리를 잡았지만, 당시만 해도 그런 음식에 익숙하지 않던 시절이었기 때문에 기내 식사를 어떻게 해야 할지 잘 모르는 사람들이 많았다.

퍼스트 클래스 승객 가운데도 음식을 주문하는 데 곤란해하는 분들이 꽤 있었다. 경력이 적은 승무원들은 퍼스트 클래스 승객은 당연히 이런 것쯤 다 알겠거니 생각해서는 이런 질문을 하곤 했다.

"캐비어 하시겠습니까?"

"전채요리 하시겠습니까?"

"드레싱은 어떤 걸로 하시겠습니까? 코코넛 오일로 하시겠습니까, 사우전드 아일랜드로 하시겠습니까? 아니면 프렌치로 하시겠습니까?"

"와인은 보르도와 버건디가 있습니다. 어떤 종류로 하시겠습니까?"

구체적으로 주문을 받아서 서빙을 하는 것이 물론 좋겠지만, 대답을 못하는 승객이 있다면 자세를 얼른 바꾸어야 한다. 그럴 때는 직접 선택하게 하는 것보다 한 가지를 정해 권하는 게 그 승객에게도 편한 일이었다. 승객이 대답을 할 때까지 마냥 기다리는 것은 상대방을 당황시키고 부담감만 줄 뿐이다. 게다가 그것은 좋은 서비스가 아니다. 고객에게 맞는 서비스가 가장 좋은 서비스다.

"제가 가장 맛있는 것으로 가져다 드릴까요?"

"제가 추천해드려도 괜찮겠습니까?"

이렇게 묻는 것이 현명하다. 물론 음식에 대해 잘 알고 취향이 분명한 승객에게 그렇게 말해서는 안 된다. 그래서 서비스는 어려운 것이다.

중동으로 가는 건설 인력을 서비스할 때는 식사의 양도 늘 모자랐다. 보통 식사는 여분으로 10인분 정도를 더 싣게 되어 있지만 하나를 더 달라고 요구하는 분들이 꽤 있었기 때문이다. 식사를 하고도 배가 고프다는 승객에게는 다른 승객이 손대지 않은, 포장을 뜯지 않은 빵과 여유분의 음료수를 제공하곤 했다. 그런 경우의 서비스는 우선 시장하지 않도록 배려하는 게 중요했다.

나는 사무장의 권한으로 와인 서비스를 하지 않기도 했다. 그런 승객들에게는 자꾸 마셔서 결국 취하게 될 와인보다는 시원하게 갈증을 가셔줄 생수가 더 필요하다고 생각했기 때문이다.

모든 고객은 소중하지만 모든 고객이 원하는 게 다 같을 수는 없다. 맞춤 서비스는 그래서 필요하다.

TIP For Success

모든 고객을 동등하게 대하라는 말은 그들이 모두 중요하다는 뜻이지 똑같은 서비스를 하라는 의미는 아니다. 고객이 원하는 것은 각기 다를 수 있다. 고객에게 정말로 필요한 것이 무엇인지 늘 생각하라.

모든 불만에는
이유가 있다

9

지금까지 내가 책임자로 탔던 비행기에서는 한 건의 컴플레인 레터(고객 불만 편지)도 없었다. 나는 그 사실을 큰 자랑으로 여기고 있다. 승객이 불만을 제기하면 어떻게든 기내에서 해결했고, 필요하면 비행기에서 내린 후에도 처리하곤 했다. 서비스직에 종사하는 사람으로서 고객 불만보다 더 무서운 것은 없다. 회사에서도 고객 불만은 가장 신경 쓰는 부분이다 보니 컴플레인 레터가 들어오면 회장실까지 들어가게 된다.

해당 직원은 그에 대한 보고서를 써서 승객이 불만을 제기한 상황과 처리 경과를 설명해야 하는데, 경위서 쓰는 일도 까다로울뿐더러 잘못이 인정되면 처벌을 받기도 한다.

사실 각양각색의 고객을 응대하는 일은 결코 쉽지 않다. 게다가 요즘 승객들은 예전에 비하면 훨씬 까다로운 편이다. 우선 요즘 승객들은 탑승 경험이 많고 비행기에 관해 아는 것도 많다. 소비자로서 스스로를 보호하고 권리를 주장하는 일에도 적극적이다. 조금만 불친절해도 그냥 넘어가는 법이 없고 섬세한 부분까지 최고의 서비스를 원한다.

여자로 태어나 대기업에서 별 따기

모니터에 왜 이렇게 때가 묻었느냐, 시트가 깨끗하지 않다, 테이블에 얼룩이 졌다, 나는 다이어트중인데 음식이 왜 이 모양이냐 같은 사소한 불만을 터뜨리는 고객이 있는가 하면, 체크인할 때부터 탑승할 때까지 느꼈던 여러 가지 불만을 한꺼번에 폭포처럼 쏟아내는 고객도 있다.

그때마다 성실하게 고객의 불만을 들어주고 해결해주는 일은 말처럼 쉽지 않다. 다른 부서의 일로 항의를 받을 때는 더욱 그렇다. 승무원들은 항상 바쁘고, 특히 경험이 적은 20대 초반의 젊은 스튜어디스들은 이런 일에 대처하는 것을 더 힘들어한다.

호주 시드니에 갈 때였다. 장거리 노선의 경우 기장 역시 교대를 하기 때문에 객실에는 기장을 위한 자리가 마련되어 있다. 그날도 기장은 창쪽의 '지정석'에 앉고 그 옆에는 서울에 왔다 돌아가는 시드니 교포 한 분이 앉아 있었다. 이륙한 지 열 시간쯤 지났을까. 그 교포가 안경이 휘어졌으니 물어달라고 요구했다.

"내가 눈을 뜨니 벗어서 옆에 둔 안경이 바닥에 떨어져 있지 않겠소. 집어보니 휘어져 있단 말이오. 좀 전에 옆에 계신 분이 화장실에 갔다 왔는데 그때 내 앞을 지나다가 안경을 쳐서 떨어뜨린 게 분명해요. 그러니 물어주시오."

그는 비행기를 많이 타봐서 옆 사람이 기장인 줄 알고 있었다. 기장이 승객의 안경을 파손했으니 당연히 변상해야 한다는 생각인 듯했다. 옆 좌석의 기장은 무안해서 어쩔 줄 몰라 하고 있었다. 그러나 이런 경우 회사는 변상의 책임이 없다. 명백하게 직원의 과실로 드러난 경우도 아니었고 얼마를 변상해야 하는지도 애매했다. 나는 이런 사항을 잘 말씀드렸다.

"이봐요, 이게 얼마짜리 안경인 줄 아시오? 내가 오죽하면 이러겠어요. 게다가 독일에서 산 거라 돈 있어도 구하기 어렵단 말이오."

나는 공손한 태도와 상냥한 말투를 잃지 않으려 노력했다.

"네, 그러시군요. 귀한 물건이 이렇게 돼 얼마나 속상하시겠습니까? 그런데 안경이 어떻게 휘어졌는지는 확실하지 않은 것 같습니다. 모르고 손님께서 떨어뜨리셨을 수도 있고요."

"아니라니까 그러네. 물어줄 거요, 말 거요? 그것만 대답해요."

고객은 자신이 만족할 때까지 직원을 다그치게 마련이다.

"그토록 아끼시는 물건이 파손됐으니 저도 참 안타깝습니다. 그런 의미에서 제가 수선비를 드리겠습니다. 만약 수선이 되지 않는다면 꼭 연락 주십시오. 물론 회사 차원의 보상이 아니라 제 개인적인 차원에서 하는 것입니다."

"좋소. 그렇게 하지요."

"감사합니다. 연락처를 여쭈어도 될까요?"

비로소 마음이 풀어진 모양이었다. 수선비를 물겠다는 말보다는 진지하고 성실한 태도가 고객의 마음을 풀어준 것이 아니었을까.

시드니에 도착해 하룻밤 자고 나서 그 고객에게 전화를 했다. 비행이 끝나면 모든 걸 잊고 쉬고만 싶기 때문에 사실은 전화 한 통 걸기도 피곤한 일이었다.

"안녕하세요? 대한항공 이택금입니다."

"아이고, 안녕하시오?"

"어떻게 안경은 잘 수선하셨는지……. 궁금해서 전화 드렸습니다."

"수선 잘 했습니다. 비행기 안에서도 그렇게 친절하시더니 내려서까지 이렇게 전화도 해주시고. 정말 고맙네요. 앞으로는 대한항공 비행기만 탈랍니다. 그리고 수선비는 물어주지 않아도 됩니다."

"아, 수선이 되었습니까? 정말 다행입니다."

"내가 너무 고마워서 시드니 관광을 시켜드리고 싶은데."

나는 이미 관광시켜주신 거나 다름없다고 인사하고 전화를 끊었다.

불만을 처리하는 과정에서 고객에게 감동을 줄 수 있다면, 그 고객은 불만이 없던 고객보다 더 충성도 높은 고객이 될 수 있다.

그러나 고객의 항의를 참고 듣는 일조차 쉬운 일이 아니다. 내 잘못이 아닌 경우도 있고 다른 부서에 책임이 있는 경우도 있다. 이럴 때는 설명이 필요하더라도 우선 손님의 이야기를 성의껏 듣고 그 말에 수긍을 해줘야 한다.

"네, 손님 말씀이 맞습니다. 저희가 잘못한 일입니다."

무조건 고객 편을 들고, 손님의 입장에서 생각한 다음 비로소 변명이 아닌 설명을 해야 한다. 내 책임이 아니더라도 잘못했다고 사과부터 해야 책임을 회피하려는 인상을 주지 않으면서 고객의 화를 돋우지 않을 수 있다. 고객이 억지를 부리고 있다고 느껴질 때도 마찬가지다. 모든 불만에는 이유가 있게 마련이다. 어떤 문제든 고객의 불만은 당연한 것이다.

정 소화하기 힘든 불만을 토로하는 고객이라면 이렇게 생각하면 맘 편하다. '몇십만 원에서 몇백만 원까지 내고 타는 비행기인데 그 정도 말도 못하겠는가.' 고객을 내 가족이라고 생각하는 것도 고객의 입장을 충분히 이해하는 데 도움이 된다. 그렇게 되면 어떻게든 도와주고 싫어진다. 내 어머니나 아버지가 비행기 타고 가시다가 누구 잘못이든 언짢은 일을 당했다면 나 역시 화가 나지 않겠는가.

고객 불만을 100퍼센트 해결하는 4단계

1. 끝까지 들어라.
고객이 불만을 터뜨리는 과정에서 불만의 반은 해결된다. 또한 성실한 자세를 보여주는 것만으로도 문제를 해결할 수 있다. 변명하고 책임을 면하려고 하는 한 고객은 불만을 누그러뜨리지 않는다.

2. 고객 편을 들라.
회사가 아니라 고객의 입장에 서라. 우선은 알아봐야 하겠지만 어떤 경우에도 "손님이 옳습니다"라고 말하라.

3. 고객 편에서 해결책을 제시하라.
내가 편하고 회사가 편한 방법이 아니라 고객에게 가장 좋은 쪽의 해결책을 제시하라. 고객은 다 안다.

4. 사후 관리를 하라.
전화 등으로 처리 결과를 알려주거나 만족하는지 물어본다.

2장

여자로 일하기,
여자로 성공하기

☆

여자라서 더 잘
할 수 있다

10

승무원의 업무 분담은 수평적이며, 업무 내용은 안전 · 서비스 · 고객 응대 · 팀워크 · 용모 및 복장으로 나눌 수 있다. 고객에게 우수한 객실 서비스와 안전한 비행 환경을 제공하기 위해 객실 승무원은 '업무 기준'에 충실해야 한다. 그러나 업무 기준에 명기된 사항들은 모든 업무에 대한 지침이 아니라 가장 필수적이고 기본적인 지침이다. 업무 기준의 지침 이외에 '객실 승무원 업무 교범(Cabin Operation Manual)'을 숙지하고 준수해야 한다.

비행기 탑승 후부터 도착할 때까지의 업무는 다음과 같다.

1. 승객 탑승 전 점검 10가지
2. 승객 탑승 중 구체적인 행동
3. 항공기 Push Back(비행기는 홀로 후진하지 못하기 때문에 '헬퍼 카'라는 작은 차가 뒤로 밀어주는 작업) 전 업무
4. 항공기 Taxi-Out(이륙 전, 활주로까지 천천히 가는 것) 중 지침
5. 이륙 전 업무

6. 비행 중 업무

7. 착륙 전 업무

8. 도착 후 승객 하기(下機)

객실 전반 업무를 책임지는 승무원을 사무장이라고 하고, 사무장의 직급은 AP(Assistant Purser)라고 부르는 보조 사무장, 사무장, 선임 사무장, 수석 사무장 이렇게 4단계가 있다. 승객 탑승부터 승객 하기까지 사무장에게는 각 항목별로 추가적인 임무가 부여된다. 비행 전에 경력이나 직급 등을 고려해 업무를 분담하고 구역별로 책임을 지워주는 일도 사무장의 일이다. 또한 객실 안에서 일어나는 모든 종류의 고객 불만이나 기타 사고에 대해 사무장은 책임을 면할 수가 없다.

항공기에서 기장의 위치는 왼쪽이고 'L(Left) Side'로 표기하며 그 반대편은 'R(Right) Side'라고 칭한다. 서비스는 항상 L Side부터 시작되고, 사무장은 L Side의 첫 번째 문, 즉 'L 1'에 위치해야 한다. 항공기의 종류에 따라 다르지만, L 1에는 객실에 관련된 전기 · 전자 기기가 정착되어 있는 패널(Pannel, 버튼식 컴퓨터)이 있다.

요즘은 입사한 지 3년이 지나면 보조 사무장으로 승진하지만 그 당시에 나는 입사 5년 만에 보조 사무장이 되었다. 그것도 이른 편이었다. 스튜어디스 중에서는 우리 기수가 처음이었던 것으로 기억한다. 우리 기수 중에 30퍼센트 가량인 스무 명 정도가 처음 보조 사무장이 되었으니 당연히 우리 위에는 사무장도, 선임과 수석 사무장을 하는 스튜어디스도 없었다.

반면, 남승무원들은 관리자로서 성장하는 과정으로 여기기 때문에 입사 후 3, 4년이면 거의 보조 사무장으로 승진했다. 5년이 되든 10년이 되든 여자는 아무리 경력이 쌓여도 보조 사무장 이상의 관리자가 되지 못하던 시절이었다. 단지 여자이기 때문에 후배 스튜어드를 보조 사무장이나 사무장으로 모시고 근무하면서 자존심이 상하기도 했다. 객실 전반 업무를 책임지는 것은 여자라서 못하고 반드시 남자라야 할 수 있는 일은 아니었지만, 당시는 항공사라는 조직뿐 아니라 사회 전반적으로 책임자의 자리에는 여자를 앉히지 않는 분위기였다.

보조 사무장 근무 2년 후, 나는 사무장이 되었다. 우리 기수에서는 나와 두 명의 동기가 여자로서는 처음이었고, 선배 시니어들도 몇 명 있었다. 그러나 스튜어드와는 달리, 자격이 있어도 사무장의 직급인 과장으로 진급되지는 않았다. 자격을 갖춘 모두가 진급을 할 수 있는 것은 아니기 때문에 여성은 남성 뒤로 밀렸던 것이다.

우리 몇 명이 최초의 여성 사무장이었기 때문에 회사의 이목이 집중되었다. 내 이름 앞에는 '여자 사무장'이라는 말이 꼭 붙어다녔고, '여자가 잘할 수 있을까?' 하는 걱정 반 기대 반의 시선이 늘 따라다녔다. 따라서 잘해야 한다는 부담감이 큰 건 당연했다. 게다가 사무장 경험이 있었던 선배도 없으니 남자들처럼 정보를 공유할 상대도 없었다. 그래서 한국-일본 간 짧은 노선이었지만 첫 사무장 비행 때는 혹시라도 실수하지 않을까 굉장히 떨렸던 기억이 난다.

하루 동안 소정의 훈련을 마치고 이튿날 업무에 투입되었다. 사무장을 돕는 AP로, 톱 시니어(Top Senior)로, 부분적인 일만 해왔던 나로서는 무척 긴장되는 시간이었다. 직접 해보니 어깨 너머로 보아온 것과는 사뭇 달랐다. 아무리 사소해 보이는 일도 나중에는 큰 문제로 발전하기 때문에 예기치 못한 상황이 발생했을 때도 능숙하게 대처해야 했다. 대처 능력은 사무장의 중요한 평가 기준이기 때문에 그 점도 늘 신경 쓰이는 부분이었다. 똑같은 상황에서 대처하는 능력이 남자 사무장들보다 떨어진다면 경영진에서는 당연히 여자를 사무장에 앉히는 일을 재고할 수 있고, 나는 후배들의 앞길을 막는 셈이 되는 것이었다. 일종의 리트머스 시험지로서 내가 검증받고 있다는 사실이 느껴졌다.

사무장이 되고 얼마 지나지 않았을 때의 일이다. 로스앤젤레스에서 서울로 오는 비행기였는데 심한 안개 때문에 부산으로 회항을 하게 되었다. 부산으로 회항한 비행기는 우리만이 아니어서 주기장은 비행기들로 꽉 찼고 승객들은 비행기 안에 갇힌 꼴이 되어버렸다.

이런 경우 승객들은 굉장히 지루해하고 항의도 이만저만이 아니다. 목적지가 서울이기 때문에 규정상 내릴 수 없는데도 불구하고 부산에서 그냥 내리겠다거나, 서울로 마중 나와 있을 가족한테 전화를 해야 한다거나, 대체 언제 출발하느냐며 짜증을 낼 것이 분명했다. 400여 명이 이렇게 항의할 거라 생각하니 정말 큰일이다 싶었다. 사무장이 되고 처음 맞는 회항 사태였다. 승객들의 항의에 어떻게 대처해야 할지 난감했다. 게다가 밤을 새고 온 승무원들을 본인 잘못이 아닌 일로 시달리게 하고 싶지도 않았다.

오는 동안 음료도 동이 난 상태였고 영화도 모두 틀어 서비스할 만한 게 없었다. 여객기가 대형화되면서 VTR을 처음 싣고 다니기 시작한 무렵이었다. 보통 두 시간짜리 영화 비디오 몇 편에 비행 시간이 길어질 때를 대비해 40분짜리 짧은 비디오 한 편을 여분으로 싣고 다녔는데, 아주 재미있는 코미디 물이었다. 이 비디오 테이프는 모든 비행기에 싣고 다니긴 했지만 그때는 저작권 계약 관계로 특별한 때가 아니면 방영하지 말라는 교육을 받았다. 틀고 나서는 보고서를 써서 불가피한 상황이었음을 소명해야 했다. 그래서 이 테이프를 트는 사무장이 거의 없었다.

특히 사람 힘으로 어쩔 수 없는 날씨 때문에 일어난 일에는 관습적으로 대처하는 경우가 많았다. 그저 비행기 문을 열어놓은 상태로 날씨가 좋아지기만을 기다리는 것이다. 요즘은 크게 달라졌지만 당시 분위기는 그랬다. 나 역시 망설여졌다. 언제 돌아가게 될지도 모를 서울에 도착하면 어서 잠을 자야 다음 비행에 지장이 없는데, 보고서를 쓰려면 몇 시간은 회사에 남아 집에도 가지 못할 것이었다.

이런 걱정에도 아랑곳없이 비행기는 드디어 부산에 착륙했다. 기상이 좋아질 때까지 부산에서 기다려야 하며, 더 자세한 사항은 정보가 오는 대로 다시 말씀을 드리겠다는 기장의 안내방송이 나왔다. 곧이어, 여기저기서 투덜거리는 승객들의 목소리가 들려왔다. 나는 40분짜리 코미디 물을 틀기로 결심했다.

결과는 대성공이었다. 승객들은 완전히 영화에 몰입했다. 더 이상 항의하거나 불만을 토로하는 승객들이 없었다. 영화가 끝나기 10분 전, 날씨가 좋아져 이륙하겠다는 안내방송이 나왔다. 비디오를 꺼야 했지만 마저 다 보고 이륙하자는 승객들이 있을 정도로 영화는 빅 히트를 쳤다. 지금처럼 볼거리가 많지 않은 때이기도 했고, 승객들 역시 다른 할 일이 없었기 때문이기도 했을 것이다. 하지만 나는 승객들이 즐겁게 보아준 것이 감사하고 기뻤다. 돌아가서 보고서 쓸 걱정을 깨끗이 잊을 정도로.

고객의 입장에서, 고객을 이롭게 하는 서비스가 진정한 서비스라는 깨달음을 이때 얻었다. 어떤 상황이든 고객의 입장에서 일하면 아무런 문제가 생기지 않는다. 내가 시달리지 않기 위해서라도 고객 입장에서 서비스를 해야 한다. 기상 문제는 내 탓이 아니니까 고객이 지루해하든 말든 상관하지 않을 수도 있었다. 항의를 받더라도 내 잘못이 아님을 강조하며 한 귀로 흘리고 적당히 넘어갈 수도 있었다. 무엇보다 보고서 쓰기가 귀찮았다. 하지만 나는 그러고 싶지 않았다.

이것이 여성성이라고 생각한다. 여성은 자신이 좀 힘들더라도 우선 남을 배려하고, 비록 자신에게 이익이 돌아오지 않는다 해도 다른 사람을 기쁘게 하는 일에서 큰 보람을 느낀다. 이런 성향은 남자보다 여자에게 더 강하다. 특히 서비스 업종에서는 여성성이 큰 강점이 된다. 여자라서 더 잘할 수 있는 일이 분명히 있는 것이다.

TIP For Success

여자의 강점

- 여자는 허황된 욕심이 없다. 여자는 명분보다는 실리를 따지고 권력욕과 명예욕에 쉽게 흔들리지 않는다. 따라서 일에 더 집중할 수 있다.
- 여자는 자신을 낮출 줄 안다.
- 여자는 대형 사고를 치지 않는다.
- 여자는 꼼꼼하다.

책임자의
자리라는 것

11

1985년에 선임 사무장으로 진급하게 되었다. 비로소 온전한 사무장이 된 느낌이었다. 그동안 여승무원으로서 사무장 이상의 직급은 없었지만 남승무원 중에는 선임 사무장과 수석 사무장들이 많았다. 선임 사무장 인원이 많다 보니 비행의 50퍼센트 정도는 그들과 함께하게 되었다. 따라서 나는 직급은 사무장이면서도 역할은 보조 사무장에 머무르는 경우가 많았다.

처음 선임 사무장 후보에 들었을 때 자격을 갖춘 사람은 남승무원 열세 명, 여승무원은 나를 포함해서 네 명이었다. 그 열일곱 명 가운데 여자들은 모두 진급에서 제외되었다. 동기들은 모여서 한탄하곤 했다.

"여자라서 우린 이제 끝났어. 더 이상 진급시켜주지 않을 셈인가 봐."

그러나 회사에 불만을 표시하거나 적극적으로 항의할 생각은 하지 못했다. 관습의 벽은 그만큼 높고 두터웠다. 오히려 진급에 연연하지 않고 마음 편하게 일했는데, 한 해 두 해 시간이 가면서 나보다 한참 후배인 남자 승무원들이 앞서 나가기 시작하자 말할 수 없는 갈등이 생겼다.

여자로 태어나 대기업에서 별 따기

아무리 교육을 철저히 받았어도 현장에서는 상황이 전혀 다르기 때문에 주니어로 들어온 스튜어드들에게 하나하나 업무를 가르쳐주었는데, 그런 후배들이 금세 보조 사무장이 되고, 사무장이 되고, 또 선임 사무장이 될 때마다 거의 비참한 기분이었다.

"미스 리, 승객 명단 좀 확인하세요."

까마득한 후배에게서 그런 명령을 들을 때마다 속된 말로 배알이 뒤틀렸다.

"택금 씨, 기내 판매 시작하기 전에 개인 주문 먼저 처리하세요."

그 말에 속으로는 이렇게 대답했다.

'그건 내가 더 잘 알고 내가 더 잘한다.'

몇 번의 시행착오와 예기치 못한 상황들에 대처하면서 얻은 노하우로 이젠 사무장 역할에도 자신감이 붙었는데 총괄보다는 부분적인 역할에 만족해야 하니 영 불만스러웠다. 그만 나가라는 소리 아닌가, 직장 생활을 계속 해야 하나, 오랫동안 고민하기도 했다.

나는 여자라는 이유로 남자 후배들의 통제를 받기보다는 그들과 동등하게 일하고 싶었고, 자신도 있었다. 나는 선임 사무장이 되고 싶었다. 같이 사무장 발령을 받았던 동기들만 해도 처음엔 '내가 이 일을 할 수 있을까?' 걱정하다가 "해보니 별 것 아니더라"라는 말까지 하게 되었을 정도로 다들 관록이 붙고 능력도 있었다. 우리끼리 만나는 자리는 이런 불만의 성토장이 되곤 했다. 선배들을 통해서 이런 일은 부당한 처사라고 회사에 전달하기도 했다.

우리에게도 기회를 주어야 하지 않는가. 남자들이 다 가는 군대를 다녀오지 않아서일까, 군대 경험도 남자들이 신뢰를 얻는 데 한몫하는 것 같았다. 그러던 중 선임 사무장으로 진급이 되었으니 그 기쁨은 이루 말할 수 없었다. 그러나 책임자의 자리에 오른다는 게 마냥 흐뭇한 일은 아니었다. 그만큼 책임이 무거워졌다는 의미이니까.

한겨울의 하와이행 비행기였다. 이륙한 지 네 시간쯤 지났을까. 갑자기 여자의 비명 소리가 들렸다. 이건 또 무슨 예기치 못한 상황인가. 화들짝 놀란 가슴을 안고 소란스러운 쪽으로 가보았다. 20~30대로 보이는 여자 승객 하나가 몸부림치며 괴로워하고 있었다. 만삭의 임부였다. 옆 자리의 남자 승객은 얼굴이 하얗게 질려 있었다. 아마 남편인 듯했다. 남편이 떨리는 목소리로 말했다.

"아직 9개월인데……. 벌써 진통이 오나봐요."

임신 9개월 이상이면 항공 여행을 해도 괜찮다는 의사의 소견서 없이는 탑승할 수 없다. 겨울이라 두꺼운 오버 코트를 입고 있어서 입국 심사 때 부른 배를 미처 알아채지 못했던 것이다. 어쨌든 내 실수였다. 기압 차이로 때이른 진통이 찾아온 모양이었다. 당황한 남편은 안절부절못하고 있었고 승무원들도 어찌할 바를 모르기는 매한가지였다. 나를 포함한 승무원들 중에 어느 누구도 아기를 받아본 적도, 아기를 낳아본 경험도 없었다. 아기 받는 법은 매뉴얼에도 나와 있지 않았다. 우선 기장에게 보고를 했다. 기장도 당황해하며 진통이 얼마나 심한지, 몇 시간이나 버틸 수 있는지 알아보라고 했다. 비행기는 딱 중간 지점에 와 있었다. 하와이까지도, 서울까지도 반이 남아 있었다. 되돌아가기에는 이미 너무 멀리 와 있었다.

나는 지원군을 요청하기로 했다. 당시 자식들의 초청으로 하와이에 가는 노인들이 많았는데 우리 비행기에도 그런 할머니가 몇 분 계셨다.

"지금 손님이 아기를 낳으려고 하는데, 어떻게 해야 할까요?"

"어이구, 저런. 신문에 나게 생겼네 그려. 우선 뜨거운 물을 준비하고 가위를 소독해요."

할머니들의 조언대로 한 다음 그 구역의 승객들에게 양해를 구해 뒷좌석으로 옮겨 앉게 했다. 좌석에 여유가 생기자 넓게 비닐을 깔고 산모를 눕혔다. 뜨거운 물과 소독한 가위도 준비되었고, 아이를 받아줄 할머니도 계시고, 이제 산모가 힘을 내 아기를 낳기만 하면 되었다. 부디 순산하기를……. 그때 해산을 돕던 할머니가 말씀하셨다.

"금방은 안 낳겠어."

잘된 일인지 아닌지 분간이 가지 않았다.

결국 그 승객은 아이를 낳는 대신 극심한 진통을 견디며 하와이까지 가야 했다. 다행히 기장이 서둘러 랜딩을 한 덕에 예정 시간보다 빨리 도착할 수 있었다. 그 승객을 돌보느라 다른 승객들에게는 제대로 서비스를 하지 못했지만 큰 불상사 없이 목적지에 도착했으니 얼마나 다행인지 몰랐다. 그 승객은 아마도 건강하고 예쁜 아기를 순산했을 것이다. 그리고 아기는 엄마에게 자신의 출생 비화를 들으며 무럭무럭 자라났을 것이다. 물론 나는 서울로 돌아와 이륙 전에 임부를 알아보지 못한 책임을 통감하는 보고서를 써야 했지만.

수백 명의 승객이 타다 보니 기내에는 이런저런 환자들이 함께 타기 마련이다. 게다가 지상과는 전혀 다른 환경이기 때문에 본인도 몰랐던 증세가 나타나기도 한다.

한번은 화장실에 다녀오는 도중 쓰러진 승객이 있다는 보고가 들어왔다. 역시 놀란 가슴으로 가보니 완전히 의식을 잃은 상태였다. 혹시 숨이 끊어진 게 아닐까, 덜컥 겁이 났다. 지금처럼 가슴에 갖다 대면 심장 상태가 여러 수치로 나타나는 기계가 없을 때라 우선 심장 부근을 만져보았다. 기쁘게도 심장이 뛰고 있었다. 이런 경우 과로로 쓰러진 경우가 대부분이기 때문에 응급조치만 잘하면 대개는 의식을 곧 회복했다. 그러나 확신할 수는 없는 일이었다.

서둘러 안내방송을 해 승객 중에 의사나 간호사가 있는지 찾아보았다. 어느 비행기에나 의사 한두 명은 있게 마련인데 그날따라 단 한 사람도 없었다. 가슴이 내려앉았지만 이제 내가 직접 할 수밖에 없었다. 산소마스크를 씌우고, 찜질을 하고, 훈련받은 대로 응급처치를 했다. 그동안 적지 않게 겪은 일이었지만 책임자의 위치에서는 처음이었다. 그만큼 어깨가 무거워 입술이 바짝바짝 말랐다. 혹시 잘못 조치해서 더 나쁜 상태가 되지는 않을까. 나는 침착해지려고 무진 애를 썼다.

얼마 후 그 승객이 번쩍 눈을 떴다.

"어…… 어떻게 된 겁니까?"

"화장실에 다녀오다가 쓰러져 잠시 의식을 잃으셨어요. 저희가 자리까지 모셔다 드리겠습니다."

너무 고마워서 눈물이 나올 뻔했다. 그 승객은 아무 탈 없이 목적지에 도착할 수 있었다.

책임을 지는 자리가 책임자다. 더 많은 책임, 더 많은 부담을 져야 하는 승진이란, 생각보다 근사한 일이 아닐지도 모른다. 그러나 분명한 사실은 책임지지 않는 자리에 있는 한 발전할 기회는 오지 않는다는 것이다.

여자로 태어나 대기업에서 별 따기

선임 사무장으로 겪은 앞의 두 사건에서 나는 많은 것을 얻었다. 자리가 사람을 만들고, 같은 일도 자리에 따라 다르게 다가온다는 깨달음이었다. 너무도 당연한 진리지만 겪어보고서야 내 것이 되었고, 겪어보고 나니 책임지는 일에 자신감이 생겼다.

우리 사회에서 여자는 어떤 일에 온전히 책임져볼 기회가 별로 없다. 언제 어디서나 나보다 윗사람인 남자가 있었고, 나보다 강한 보호자가 있었다. 여자라서 억울한 적도 있었지만 여자라서 봐준 적도 있었다.

책임질 기회가 적었으니 책임지는 자리에 오르기 두려운 건 당연하다. 여자들의 잠재의식 속에는 성공을 두려워하는 마음이 있다고 한다. 그러나 여자들이여, 성공을 두려워하지 말자. 장(長)이 되기를 꺼려하지 말자. 당신에게는 장의 경험이 부족할 뿐 장의 능력이 부족한 게 아니니까 말이다.

TIP For Success

책임지는 자가 되기 위해 노력하라. 책임지는 일을 두려워하지 말라.

여자가 높은 자리에
오르면

12

승무원 생활은 고달프다. 다른 무엇보다 시차 때문에 그렇다. 운항 스케줄에 따라 시간을 초월해 살아야 하는 것이다. 아무리 몸이 힘들어도 생활이 규칙적이면 덜할 텐데 그렇지 못하다 보니 같은 일을 해도 땅에서보다 몇 배는 더 피곤하다. 게다가 아무 때나 먹고, 시도 때도 없이 자야 한다. 특히 외국에서 한국으로 돌아오는 비행을 할 때는 한국 시간으로 한낮이든 한밤이든 필사적으로 잠을 자두어야 한다. 그래도 잠이 오지 않으면 충혈된 눈에 안약을 넣어가며 피곤을 감춘 채 일할 수밖에 없다.

호텔에서 공항까지 가는 버스 안은 언제나 쥐죽은 듯 조용하다. 모두들 한 마디도 하지 않는다. 꾸벅꾸벅 조는 사람, 입을 벌리고 정신없이 자는 사람, 눈이라도 감고 있어야 피로감이 덜하기 때문에 눈만 감고 있는 사람…….

"피곤하다" "힘들다"는 말은 승무원들에게 절대로 금지된 단어다. 아무리 속으로는 '날밤 새우는 일 더 이상은 못하겠어. 내년에 적금 타면 그날로 그만둬야지' 생각하고 있을지라도 비행기만 타면 활기차고

여자로 태어나 대기업에서 별 따기

상냥한 모습으로 완벽하게 변신한다. 누가 그렇게 시켰을까? 오랜 훈련과 직업 정신에서 나온 결과다. 조용히 일사분란하게 움직이는 모습을 보면 '무서운 조직력이구나' 하는 생각도 든다.

B-747기의 경우 승객 수에 따라 다르지만 탑승 시간은 약 40분. 좌석 안내를 하다보면 출발하기도 전에 벌써 다리가 아프다. '아이고, 힘들어 죽겠다. 언제 문 닫히나' 하고 어서 비행기가 뜨기를 바라는 사람은 누구보다도 승무원이다. 밤이 되면 더 긴장이 된다. 기내에 불을 끄고 승객들의 수면을 돕지만 그때야말로 가장 주의해야 할 때라 승무원 전체가 집중해 자신의 구역을 지킨다. 캄캄하기 때문에 승객 중에 환자가 발생해도 모를 수 있기 때문이다. 의외로 비행기에서 쓰러지는 승객들이 많다. 보통 한 비행기에서 두세 명씩은 쓰러지는 것 같다.

그렇게 비행을 끝내고 나면 그때부터는 해방이다. 도착지가 외국이라면 관광을 하거나 맛있는 음식을 먹고, 전망 좋은 호텔에서 편히 쉬며 마음껏 운동을 하기도 한다. 다음 비행까지는 천국이 따로 없다. 비행기 안에서 있었던 모든 일을 잊고 주어진 자유 시간을 만끽한다. 늘 같은 곳을 가는 게 아니기 때문에 더 즐겁기도 하다. 아무리 힘들어도 잊어버리고 다시 일할 수 있는 힘이 여기서 나온다.

선임 사무장 시절이던 1985년, 여승무원과 과장으로 인사 발령이 났을 때 난감했던 까닭도 바로 비행을 할 수 없기 때문이었다.

'큰일났다. 이제 비행기를 못 타는구나.' 그 다음에 든 생각은 '난생 처음 해보는 행정직을 내가 잘할 수 있을까?' 였다. 지금 부장이 하는 일을 당시에는 과장이 하고 있었기 때문에 승무과장이란 막강한 자리였다. 그때까지 '승무과장' 하면 남자 수석 사무장 중에서 가장 멋있는 사람이었고 가장 무서운 사람이었다. 그 무렵은 여객기가 대형화되면서 스튜어디스의 숫자가 무섭게 불어나기 시작하던 때였다. 그래서 승무원과를 남승무원과와 여승무원과로 분리했지만, 여승무원과 과장도 남자 수석 사무장이 맡고 있었다. 여자로는 내가 처음이었고, 게다가 수석도 아닌 선임 사무장이었다. 그런데 내가 과장이 되다니, 파격적인 인사에 나뿐만 아니라 회사 전체가 술렁였다.

처음에는 매일 아침 꼬박꼬박 출근하는 일이 제일 힘들었다. 집에서 회사까지의 거리도 멀었고, 서비스만 하다가 전혀 생소한 일을 하게 되면서 늦게까지 회사에 남아 있는 날이 많아졌다. 그러다 보니 늘 시간에 쫓겼다. 잠을 줄이는 수밖에 없었다. 시간이 한층 여유로워졌다.

전반적인 업무를 파악하는 일, 기안 작성하는 일, 판단하고 책임지는 일, 다른 부서와 조율하는 일, 부하직원 다루는 일도 적잖이 힘들었다.

대리급이나 평사원조차 과장이 여자라고 은근히 무시하는 분위기였다. 그날 올리라고 지시한 기안을 이틀이 지나도록 만들지 않고, 채근해도 전혀 신경 쓰지 않는 듯했다. 결국 나는 회의를 소집해 내 지시를 따르지 않는 사람은 다른 부서로 보내주겠다고 선언했다. 그때부터 긴장하는 듯했지만 '설마' 하는 분위기가 더 강했다. 속된 말로 나는 '왕따'가 된 느낌이었고 고상하게 말하면 홀로 허허벌판을 달리는 독립군이 된 듯한 기분이었다.

나는 실력으로 그들을 리드하겠다고 결심했다. 자신보다 아는 것도 없고 능력도 없는 상사를 무시하지 않기도 힘든 일이다. 나는 철저한 업무 파악에 들어갔다. 그동안의 서류들을 일일이 숙독하고, 결재 라

여자로 태어나 대기업에서 별 따기

인을 파악하고, 일의 흐름을 읽기 위해 모든 레이더를 가동했다. 물어볼 사람도, 도와줄 사람도 없었다. 모르는 일투성이였지만 자존심 때문에 물어보지도 못하고 미련스레 혼자 알아나갔다. 시기와 우려의 목소리가 함께 들렸고 나의 실수를 재미있어 하는 분위기였기 때문에 업무 앞에서 당황해하는 모습을 들키기 싫었다.

그때만큼 여자 선배가 없다는 점이 아쉬운 적도 없었다. 내가 처음만 아니었어도 이렇게 힘들지는 않았을 텐데, 왜 나 외의 다른 과장들은 다 남자고, 왜 나보다 높은 직급에 있는 여자는 한 명도 없는 건지 무척 외로웠다.

처음 사무장을 할 때처럼, 좋은 선례를 남겨야 한다는 부담감도 어깨를 짓눌렀다. 소문과 가십의 중심이 되기도 했다. 여자가 드세다는 평판도 얻었다. 일 못하면 여자라서 그렇고, 일 잘하면 드세서 그렇다니……. 소처럼 묵묵히 일하면서 일과 관련 없는 상황에서는 다소곳한 여자가 되기를 기대하는 게 이 사회, 혹은 사회를 장악하고 있는 남자들의 심리 아닌가. 회식 자리에서도 술 잘 못한다고 일단 내숭을 떨어야 마음에 들어 한다.

이런저런 일들을 겪으면서 비행기 타고 어디론가 훌쩍 날아가고 싶은 생각이 간절했다. 그리고 나 자신이 한심해 보였다. 그러나 나는 출구를 알고 있었다. 그것은 능력으로 승부하는 것이었다. 나는 여승무원에 대해 누구보다 잘 이해하고 있었고 그들이 현장에서 부딪히는 어려움을 잘 알고 있었다.

어느덧 스튜어디스들 사이에서 남자 과장 때보다 잘한다는 소리가 들리기 시작했다. 업무에 능숙해지면서 나 자신도 차츰 자부심을 갖게 되었다. 그리고 몇 년 후, 나는 과장직분을 이택금만큼 해낸 사람이 없었다는 평가를 받았다.

여자가 '높은 자리'에 오르면 흔들리게 마련이다. 주변에서도 흔들고 스스로도 흔들린다. 자세를 아무리 낮추어도 술상 위의 안주처럼, 심심풀이로 먹는 땅콩처럼 화제의 중심에 서게 되기도 한다. 여성들은 감성적으로 취약하다. 쉽게 자존심 상하고 마음을 다치기 때문에 그런 위기를 잘 넘기지 못한다. 한 고비만 넘기면 되는데 그 한 고비 넘기가 힘든 것이다. 결국 업무 장악이 해결책이다. 나에 대한 평가는 나의 선한 의도, 나의 순정한 마음이 아니라 나의 행동, 그 행동의 결과에 의해 내려지는 것이다.

무엇보다 업무를 장악하라. 달달 외워서라도 업무 관련 지식을 습득하고, 기초부터 고급까지 업무 전체를 꿰뚫어볼 수 있어야 한다. 자신감은 거기서부터 나온다. 그리고 그 자신감은 흔들리지 않고 꿋꿋이 나아갈 수 있는 힘의 바탕이 된다.

여자가 별 달기도 어렵지만 그것을 지키는 것 또한 외롭고 고달픈 일이다. 그럴수록 일 잘하는 능력을 키워야 한다.

이제 막 승진한 여자들에게

자신의 힘을 부정하지 말라.
남성 중심의 조직에서 내가 할 수 있는 일이 아무것도 없다고 생각하지 말라. 당신에게는 힘이 있으며 원하는 만큼 발휘할 수 있다.

희생하지 말라.

여자는 관계를 중요시하고 좋은 관계 속에서 안심한다. 그러나 미움받을까 봐 희생하는 것처럼 바보 같은 일은 없다.

협상 능력을 키워라.

부당한 일에 항의 한 번 하지 않고 넘어가지 말라. 또한 항의할 때는 그저 불만을 얘기할 게 아니라 상대의 답변에 근거해 대안을 제시하라.

잘못을 눈감아주지 말라.

부하직원의 잘못은 내 책임이되 반드시 지적하고 넘어가라. 상사의 실수로 곤란한 일이 생겼을 때도 기술적으로 지적하라.

남자보다 먼저 나서지 않는 습관을 버려라.

의견을 자주 이야기하고, 맨 나중에야 이야기하는 사람이 되지 않도록 노력한다. 회의에서는 적극적으로 발언하라.

여자의 적은
여자?

13

1970년대 말에서 1980년대 초에 점보 여객기가 도입되고 비행기 수도 늘기 시작했다. 100대 이상의 여객기를 가진 항공사가 생길 줄은 상상도 못하던 시절이었다. 승무원의 수도 급격히 늘어났다. 점보기 한 대에 탑승하는 열여덟 명의 승무원 가운데 여승무원이 열네 명 이상이었다.

이 글을 쓰고 있는 지금도 대한항공의 스튜어디스 수는 약 3,800명, 스튜어드는 500명 정도로 여승무원 인원이 월등히 많다. 따라서 여성 관리자의 필요성도 생겼다. 여자보다 수가 적은 남자에게 관리자를 시키는 일도 문제가 있었다. 그러나 여전히 사무장을 하는 여승무원들은 극소수에 불과했고, 내가 과장이 되고부터는 아예 사무장 진급이 끊겨버렸다. 이젠 스튜어디스도 사무장을 시킬 때가 됐다는 나의 주장은 당연한 것이었다. 상사들도 "이젠 여자도 사무장을 해야지"라고 긍정적으로 말하곤 했으나 막상 결정적인 순간이 오면 여자를 진급시켜주지 않았다.

나는 이 문제를 공론화하기 시작했다. 어느덧 나는 투사처럼 비쳐지

여자로 태어나 대기업에서 별 따기

고 있었다. 그러자 남성들이 크게 반발하기 시작했다. 승무원 수가 늘어나면서 경험 많고 퍼스트 클래스를 책임질 시니어 스튜어디스가 많이 필요한데 그 인원에서 또 관리자를 뽑아가면 안 된다는 이유였다. 남자들은 근무 연한과 관계없이 곧 관리자가 되었기 때문에 서비스 절차를 밑바닥부터 훈련받지 않았다. 따라서 관리자는 남자가 적합하고 서비스는 여자가 적격이라는 이야기였다.

한때 스튜어드들에게 퍼스트 클래스 교육을 시킨 적이 있었다. 시니어는 서빙만 하고 주니어는 갤리에서 음식을 준비하는데, 남자들도 그런 일들을 배우기 시작했다. 커피를 만든다든지 오렌지주스를 차갑게 한다든지 하는 주방 일이었다. 그런데 주방 일이 아니라 서빙을 해도 그 당시 스튜어드들은 잘하지 못했다. 지금은 물론 그런 스튜어드가 없지만, 남자 승무원은 서비스를 하지 않기 때문에 있는지 없는지도 몰랐던 시절의 이야기다.

나는 여승무원을 진급시키자는 내 주장이 받아들여질 때까지 상사들을 설득했다. 그들이 말했다.

"여승무원 본인들도 싫다는데 굳이 사무장을 시켜야 한다고 주장하는 이유가 무엇입니까? 관리자는 그냥 남자들한테 맡기지요."

실제로 사무장 진급을 반대하는 스튜어디스들도 꽤 있었던 것이다. 전부는 아니더라도 여승무원들에게조차 지지를 받지 못하고 곳곳에서 반대에 부딪히니 내가 왜 이러고 있나, 하는 생각이 하루에도 열두 번은 더 들었다. 그러나 이런 일을 하지 않으면 여승무원들의 권익을 위해 힘써야 할 여승무원과 과장이라는 자리가 무슨 의미가 있을까 싶었다. 그건 또 하나의 직무 유기였다. 발언권도 영향력도 없어서 하지 못했던 일을 힘이 생긴 지금에도 하지 않는다면 그 힘은 무슨 소용일까.

그동안 여성들은 시니어 스튜어디스로 있다가 결혼과 함께 사직하는 경우가 대부분이었다. 퍼스트 클래스 일은 깨끗하고 우아하고 고상했다. 그러다가 골치 아픈 사무장 보조부터 하라고 하니 여승무원들 스스로도 반발했던 것이다. 그런 상황에서도 나는 주장을 굽히지 않았다.

"상무님, 여자들은 밑바닥부터 서비스 절차를 훈련받아왔습니다. 적어도 관리자라면 처음부터 끝까지 모든 일을 꿰뚫고 있어야 하는데, 그 점에서는 스튜어디스가 스튜어드보다는 유리합니다. 또 제가 해보니 여자라서 못할 일도, 남자라서 더 잘할 일도 아니었어요. 경력만 있다면 여자도 할 수 있는 일입니다. 남자가 필요한 면이 있다면 힘인데, 그것도 많이 필요하지 않아요. 무엇보다 인건비 절약 차원에서도 여자를 시켜야 합니다. 남자보다 호봉도 낮고 월급도 적은 여자를 시키면 회사로서도 낮은 임금으로 관리자를 쓸 수 있는 좋은 기회 아닙니까."

마지막 말은 평소 안타깝게 여기던 부분이었지만 이럴 때는 주효했다. 찬성하는 여승무원들의 힘도 컸다. 반대하는 여승무원들을 일일이 찾아다니며 개인적으로 설득을 했던 것이다. 요약하면 이런 설득이었다.

"당신은 결혼하면 그만둘 생각이겠지만 나는 결혼해도 계속 일할 생각이다. 그러니 더 이상 반대하지 말고 찬성해달라."

이렇게 해서 스튜어디스들은 어렵사리 관리자의 길로 접어들게 되었다.

과장 시절, 나는 모든 것을 혼자 했다. 살아가는 게 다 그런 것 아닌가 자위하면서. 덕분에 몸은 고되었지만 혼자 배워나가고 연구하는 과정에서 업무를 파악할 수 있었고, 일에 대한 소신도 생기고 자신감도 생겼다. 힘은 여기서 나오며 그 힘을 잘 사용할 수 있을 때 그 자리가 의미 있는 자리가 된다.

우리 세대가 비포장도로를 걸어왔다면 지금의 스튜어디스들은 포장도로가 놓인 길을 걷고 있을지도 모른다. 그러나 그 포장도로는 거저 주어진 것이 아니다. 그리고 갈 길은 여전히 멀다. '여자의 적은 여자'라는 말은 여자가 만들어낸 말일까, 아니면 남자가 만들어낸 말일까. 중요한 것은 그게 아니다. 서로의 이해관계에 따라 여자의 적은 여자가 될 수도 있고 남자가 될 수도 있다. 중요한 것은 마이너리티일수록 다른 이들과 연대하고 협력해야 한다는 사실이다. 그런 속에 먼지 풀풀 날리는 흙길은 잘 닦인 포장도로가 되고, 결국은 고속도로가 된다.

TIP For Success

- 동지가 되어주지 못한다면 최소한 적이라도 되지 말라.
- 당신이 여성이라면, 지금 누리는 작은 권리도 선배 여성들이 일구어 낸 열매라는 사실을 항상 잊지 말라.
- 후배들을 위해 길을 닦아놓아야 한다는 점도 명심하라.

여자는 여자 편,
남자는 남자 편?

14

승무원과는 바람 잘날 없는 부서였다. 거의가 20대 초·중반인 젊은 남녀들이 소속된 부서라 일도 많고 사고도 많았다. 임원으로 온 사람도 모두 대단한 인물들이었다. 수천 명 인원의 관리가 어디 그리 쉬운가. 승무원들이 일으키는 문제 중에는 스튜어디스와 스튜어드들 사이의 다툼이 제일 많았는데, 그런 일이 생기면 스튜어드는 남승무과에서, 스튜어니스는 여승무과에서 징계를 하고, 여의치 않을 때는 상벌심사위원회를 열어 결정했다.

대개는 소소한 다툼이었으나 승무과가 남·녀로 분리되고부터 징계를 할 때 남자들은 남자 편을 들고 여자들은 여자 편을 드는 경향이 있었다. 팔은 안으로 굽는다고 하지 않았던가. 유치한 면이 없지 않았지만, 인지상정이었다. 그러는 중에 꽤 갈등을 겪었다.

그런 문제를 징계하는 과정에서, 내가 스튜어디스들한테는 관대하고 스튜어드들에게는 혹독하다는 오해가 있었다. 내가 과장이 되면서부터 스튜어드들에게 보다 엄격해진 것은 사실이지만 스튜어디스들에게도 마찬가지였기 때문에 난 공평하게 일을 처리한다고 자부하고 있었다.

게다가 부장과 임원들을 모시고 있었기 때문에 내게 최종 결재권이 있는 것도 아니었다. 다만 회의에서 내 의견을 개진할 뿐이었다. 그러다가 내 제안대로 결정이 되면 그 자리에선 적극적으로 발언하지 않다가 뒤에서 불만을 토로하거나 여자라 여자 편만 든다는 소리를 하곤 했다. 소신껏 일한다고 자부하던 나로서는 참으로 억울한 일이었다.

외국인 스튜어디스들 가운데 타이완 국적이었던 미스 왕의 일이 기억에 남는다. 기내에서 우리나라 남승무원과 다투는 중에 그녀가 상대방의 뺨을 때리는 사고가 있었다. 외국인 스튜어디스들과 우리나라 승무원 간에 다툼이 생기면 처음에 영어로 이야기하다가도 나중에는 한국말이 튀어나오게 마련이다.

미스 왕과 미스터 김은 좁은 갤리 안에서 의사소통이 잘 안 돼 말다툼을 하다가 미스 왕이 먼저 뺨을 때렸던 모양이다. 미스터 김은 부르르 떨면서 역시 손을 들어올렸는데 그 순간에 옆에 있던 다른 스튜어디스가 제지를 한 덕분에 큰 싸움으로 번지지는 않았다. 비행기가 서울에 도착하자마자 미스 왕은 여승무원과에, 미스터 김은 남승무원과에 이 일을 보고했다. 미스 왕은 우선 구두로 보고를 한 후 장거리 비행을 떠났고 돌아와서 보고서를 제출하겠다고 했다.

그녀에게 경위서를 받아야 일이 진행되는데 자꾸 시간만 가고 있었다. 그 사이 승무 담당 이사의 호출이 있었다.

"이 과장, 중국인 스튜어디스가 우리 스튜어드를 때렸다면서요? 그런데 과장이 여자라서 같은 여자 봐주느라 징계도 안 하고 있다는 소리가 들리더군요. 당장 시말서 받아오세요."

나는 다시 외국인 승무원들을 관리하는 담당자에게 미스 왕에게 시말서를 받을 것을 재촉했다. 그러나 미스 왕은 자신은 잘못한 게 없으니 시말서를 쓸 수 없다는 주장만 반복하고 있다고 했다. 그렇게 차일피일 미뤄지다가 드디어 미스 왕과 면담을 하게 되었다.

내 임무 중 하나가 외국인 스튜어디스들이 타지 생활에서 겪는 소외감과 어려움을 들어주는 일이었기 때문에 미스 왕과는 전에도 면담을 한 적이 있었다. 우선 반갑게 인사를 나누고 책상 앞 소파에 마주보고 앉았다.

이미 미스 왕의 입장에 대해 담당자의 보고를 받은 터라 그와 똑같은 말로 재촉할 수는 없었다.

"미스 왕, 그동안 잘 지냈어요? 요즘 어떻게 지내요?"

"미스 리, 집을 떠나 이곳에서 일하면서 많이 외롭고 힘들지만 나는 스튜어디스로서 잘하고 있어요."

"그래요. 나도 그렇게 생각해요. 간단히 전해들었지만 그날 있었던 일을 다시 한 번 말해줄래요?"

"그날도 승객이 꽉 차서 너무 바쁘고 힘들었어요. 갤리에서 일하다가 미스터 김과 약간의 의견 충돌이 있었어요. 그러다 서비스를 하기 위해 막 갤리를 나서는데 내 귀에 어떤 단어가 들렸어요. 한국말이었죠. 그건 나에 대한 멸시, 모독이었다고 생각해요. 바로 '짱꼴라'라는 말이었죠."

그녀는 한 대학의 어학당에서 한국어 교육을 받았던 터라 어느 정도 한국어는 할 줄 알았다. 승객과 대화할 수 있는 정도였고, 특히 속어나 은어는 쉽게 배웠다.

여자로 태어나 대기업에서 별 따기

"나는 심한 모욕감이 들었어요. 나가서 서비스를 할 수 없을 정도로 상처를 받았어요. 그래서 돌아서서 미스터 김에게 방금 나한테 뭐라고 했느냐고 물었어요. 나는 그가 한 말을 똑똑히 들었지만 내심 다른 말을 하리라고 기대했어요. 하지만 그는 '짱꼴라라고 그랬다, 왜?'라고 말했어요. 이번에는 등뒤가 아니라 정면에서 그런 말을 당당하게 내뱉었어요. 정말 참을 수가 없었어요."

대화가 진행되는 동안 그녀는 감정을 주체하지 못해 눈물을 흘리면서 솔직한 속내를 드러냈다. 어느새 나는 그녀의 심정에 동감하고 있었다. 속으로는 '네가 옳아. 미스터 김의 말은 분명 국적 차별―그런 말이 있다면―적인 발언이었고 그런 말을 참지 않은 넌 잘한 거야'라는 말을 중얼거리고 있었다. 그러나 그건 심정적인 공감일 뿐 그렇게 생각하는 것은 옳지 않았다.

"상처 받았다는 거 알아요. 하지만 동료를 때리는 건 있을 수 없는 일이에요."

미스 왕은 흐르는 눈물을 닦으며 말을 이었다.

"나는 괜히 때린 게 아니에요. 그가 잘못했기 때문이에요. 타이완에서는 얼마든지 있을 수 있는 일이에요. 잘못했을 때는 여자도 남자를 때릴 수 있어요."

중국 여성들은 씩씩하고 당당한 편이었다. 남자 앞이라고 기죽는 일도 없었고 다소곳하다거나 속으로 참는 스타일도 아니었다. 뺨 한 대때린 건 미스 왕이 나고 자란 문화에서 보면 별 것 아닌 일일 수도 있었다. 하지만 여기는 한국이 아닌가. 특히 한국에서 여자가 남자를 때린다는 건 더 큰 비난의 대상이 되게 마련이었다. 그러나 그런 관습이 아니어도 폭력은 무슨 이유로든 정당화될 수 없다.

"미스 왕의 심정은 백 프로 이해해요. 다른 모든 건 미스 왕이 정당해요. 미스터 김이 잘못한 거예요. 하지만 뺨을 때린 일만은 분명히 잘못한 거예요. 차라리 큰 소리로 싸우지 그랬어요. 하지만 누구든 폭력을 쓰면 안 돼요."

"미스 리, 미안해요. 문제를 일으켜서 정말 미안해요."

드디어 미스 왕이 스스로 잘못을 인정하기 시작했다.

"미스 왕, 폭력을 행사한 부분에 대해서만 사과하세요. 그리고 그것은 당신이 직접 글로 써야 해요."

"알겠어요."

미스 왕은 시말서(Apology Form)를 매우 진실되게 쓰기 시작했다.

"좋아요. 미스 왕, 잘 가요."

"네. 안녕히 계세요."

미스 왕이 타이완으로 떠난 후 타이베이 지점에 전문을 보냈다. 지금부터 미스 왕의 비행 스케줄은 없을 것이며, 시말서를 첨부하니 사직을 권고할 것을 요청하는 내용이었다. 그러나 마음이 편치 않았다. 객관적으로 미스 왕의 행동은 잘못이었으나 같은 여자로서 느끼는 안타까움 때문이었다.

관리자라면 특히 인사 문제에 있어서 공명정대해야 한다. 남자냐 여자냐, 혹은 나와 가까운가 가깝지 않은가, 내가 좋아하는 사람인가 싫어하는 사람인가에 관계없이 확고한 원칙을 갖고 조직의 규정에 따라야 한다. 당연한 말이지만 정실에 흔들리지 않기란 말처럼 쉽지 않다. 여성은 특히 주의해야 한다. 여성이 하는 일은 남성이 하는 일보다 편

여자로 태어나 대기업에서 별 따기

견의 희생양이 되기 쉽기 때문이다.

마음 약한 당신에게

모질지 못해서 손해보는 것은 거의 늘 여자들이다. 공사를 분명히 하
고 공명정대하며 정에 이끌리지 말라. 그러기 위해서는 원칙을 세워야
한다. 일단 원칙을 세워놓으면 어떤 일도 원칙에 입각해 처리할 수 있
다. 그 원칙이 당신의 약한 마음을 다잡아줄 것이다.

때로는 여자라서
왕따가 된다

15

과장 자리를 거쳐 다시 비행 근무를 하다가, '승원소'로 바뀐 조직에서 소장을 맡게 되었다. 그리고 소장 발령 직후인 1992년, 그러니까 과장직 이후 7년 만에 승무부 부장으로 진급이 되었다. 조직 개편으로, 전체 승무원 가운데 남녀가 섞인 승무부를 다른 남자 부장과 함께 반씩 관리하게 된 것이었다. 예전처럼 남자는 남자 관리자가, 여자는 여자 관리자가 담당하는 게 아니었다.

다시 비행 근무 대신 지상 근무가 시작되었지만 과장 시절 고군분투하며 업무를 익힌 덕에 이젠 행정 업무에도 자신감이 있었다. 책임 범위가 넓어졌을 뿐 업무 내용도 과장 시절과 크게 다르지 않았다. 승무원들 상벌 심사를 하는 일도 여전했다.

업무는 별로 변한 게 없었지만, 이번에도 여자로서는 처음 하는 부장이라 연일 매스컴의 인터뷰 요청이 쇄도했다. 그러나 겉으로는 화려할지 몰라도 나는 외로웠다. 한 마디로 왕따가 된 기분이었다. 30대 초반에 과장을 할 때보다 나도 많이 세련되어졌고 조직 내 남성들의 의식도 좋아졌지만 여전히 보이지 않는 벽이 있었다.

과장 시절에도 남자들만의 세계에서 소외된 기분 때문에 힘들었는데 7년이 지나서도 상황은 별로 나아지지 않았다. 과장 시절, 승무원 징계 문제로 상벌심사위원회가 열리고 나면 이택금의 입김이 세서 이택금이 원하는 대로 결과가 나왔다는 말들을 심심치 않게 들었다. 결국 승무원들 사이에서도 '이택금한테 한 번 걸리면 끝이다, 칼 같은 여자다' 같은 소문이 돌았다. 아무리 원칙과 규정에 따라 징계를 해도, 징계 당사자는 늘 심하다고 느끼게 마련이었다.

승무원 사회는 위계질서가 분명하다. 여승무원들끼리 트러블이 발생했을 때도 시니어보다는 주니어를 징계하는 관례가 있었는데, 나는 기수에 상관없이 객관적인 평가를 하려고 노력했다. 그렇게 해서 징계를 당한 시니어들은 예전 같으면 괜찮았을 일로 징계를 당하니 가혹하다고 느끼는 모양이었다.

남승무원 과장은 남승무원을 감싸주니 여승무원들은 내가 자신들을 감싸주어야 한다고 생각할 수 있었다. 그러나 그러고 싶지 않았다. 아이들처럼 편 가르기 하는 것도 아니고, 성별이라는 정실에 따라 일을 한다는 건 프로답지 못하다고 생각했다.

나는 인심을 잃어가고 있었다. '대단한 여자'라는 말 속에는 '매몰차고 독한 여자'라는 뉘앙스가 담겨 있었고 그런 평판을 듣는 일이 참 싫었다. 그러나 직원들에게 인심을 얻고 동료들에게 호감을 사기 위해 내가 옳다고 확신하는 방식으로 일하기를 포기할 수는 없었다. 결국 상사들은 내 판단이 결코 편파적이지 않으며 내가 개진한 의견이 공정하다는 점을 인정했다.

직장 생활을 하다보면 업무 자체보다는 관계에서 오는 스트레스가 더 많다. 부장 시절의 나도 그랬다. 나를 포함해 다섯 명, 얼마 되지도 않는 부장들인데 그 사이에서도 소외되는 느낌이었다.

이를테면, 아침에 출근하면 어젯밤 퇴근 후 그들끼리 즐겁게 술 마시고 논 이야기를 장황하게 늘어놓았다. 비공식적인 네트워크에서 나는 의도적으로 배척당하고 있었다. 매일같이 출근해 하루의 대부분을 보내는 직장에서 따돌림 당하는 기분이란 겪어보지 않은 사람은 모른다. 그런 문제로 스스로 목숨을 끊는 어린 학생들 이야기가 심심찮게 뉴스에 나지만 어른들도 그런 상황에 처하면 힘들기는 마찬가지다. 그래서 인간을 사회적 동물이라고 하지 않는가.

내 의사였지만 결국은 식사도 따로 하게 되었다. 구내식당에는 부장들이 식사하는 곳이 따로 있었는데, 나는 부장들만 모이는 자리가 아니라 일반 직원들 사이에 끼어 즐겁게 식사하는 쪽을 택했다. 직원들과 많은 이야기를 할 수 있다는 이점 때문이었다. 공식적인 통로로는 접할 수 없는 이야기들을 식사를 하면서 많이 전해들을 수 있었다. 내 업무에 늘 필요한 정보들이 그때 나오곤 했다.

임원이 된 후에도 나는 한 번도 임원 식당을 이용한 적이 없다. 일반 직원들과 함께 구내식당을 이용하면서 그들의 이야기를 듣는 일은 예나 지금이나 내게 큰 즐거움이고 업무에도 많은 도움이 된다.

호감을 얻는 일은 성공하는 데 필요한 조건이다. 모두가 싫어하는 사람은 결코 성공할 수 없다. 그러나 사람들과 잘 지내고 인기 있는 사람이 되기 위해 다른 중요한 일을 놓쳐서는 안 된다. 진정으로 인정받고 존중받으려면 인기 있는 사람이 되기보다 일 잘하는 사람이 되기

여자로 태어나 대기업에서 별 따기

위해 노력해야 한다. 인기와 존경 사이에서 제대로 균형을 잡아야 성
공할 수 있다.

남성 위주의 조직에서 살아남으려면 때로는 왕따 되기도 감수해야 한
다. 어느 조직이나 텃세는 있는 법이고 후발주자인 여성은 굴러들어온
돌이 될 수밖에 없다. 박힌 돌들 사이에서 외로움을 견뎌내야 한다. 상
처 받기 쉬운 여성들은 이 고비를 넘기기 힘들어한다. 그러나 사실은
아무것도 아닌 일이다. 남들이 하는 이야기에 조금만 더 뻔뻔스러워지
고 조금만 더 의연해져라.

이론보다 행동,
편법보다 정석

16

비행기 안에서 일어나는 일을 파악하는 것도 나의 중요 업무 중 하나였기에 지상 근무를 하면서도 한 달에 한 번은 꼭 비행기를 탔다. 그러나 객실 서비스를 한다기보다 지도관 혹은 암행어사 같은 입장에서 탔기 때문에 소장 1년, 부장 3년간은 비행 근무를 하지 않은 셈이다. 그러다 부장직을 마치고 다시 비행 근무를 하게 되었다.

2000년 마지막 날이었다. 로스앤젤레스에 도착해 한식당에서 저녁을 먹고 호텔로 돌아왔다. 여느 때처럼 라운지에서 맥주 한잔을 하며 팀원들과 이런저런 이야기를 나누었다.

"미스 김, 서비스를 그렇게 어설프게 하면 안 돼."

"아, 그건 너무 긴장해서 그랬어요."

대개 그날 비행에 관한 리뷰였고 허심탄회하게 이야기하는 중에 오해도 스트레스도 풀리곤 했다. 자정이 가까워 내 방으로 돌아오니 전화기에 음성 메시지가 남겨져 있었다.

"이사님, 축하드립니다."

이사? 잘못 온 전화라고 생각하고 메시지 버튼을 끄려는 순간 다음 말이 귀에 들어왔다.

"진급하셨어요. 소식 듣자마자 전화를 드렸는데 안 계시네요. 이사님, 축하드립니다. 저희 사무실에서 다 함께 드리는 축하 인사예요."

객실승무본부 이사대우 발령을 받은 것이었다. 1985년 과장, 1989년 수석 사무장, 1992년 부장에 이어 이번에도 여성으로서는 처음이었다. '최초' 기록만 네 개를 갖게 된 것이다.

로스앤젤레스에서 이틀 밤을 자는 동안 다른 팀원들에게는 이사 진급 사실을 말하지 않았다. 왠지 내 입으로 말하기가 쑥스러웠다. 그리고 다시 서울로 돌아가기 위해 공항으로 향했다. 거기서 도쿄로 출발하는 비행기의 사무장을 만났다. 그녀가 나를 보고 막 뛰어오더니 손을 잡으며 말했다.

"이사님, 너무 축하드립니다. 우린 성공했습니다."

그녀는 울먹이기까지 하며 나보다 더 좋아했다. 서울에 돌아와서도 스튜어디스들의 환호는 굉장했다. 그들은 이렇게 말했다.

"이사님은 저희 여승무원들의 위상을 높여주셨습니다. 저희도 열심히 일하면 20년 후에 이사님처럼 좋은 모습이 되어 있지 않을까요?"

"너무나 고무적인 일이에요. 이렇게 좋은 일이 앞으로도 계속 생겼으면 좋겠습니다."

"지금 이사님 모습이 앞으로의 저희 모습이었으면 좋겠습니다."

나의 승진을 자신의 일처럼 기뻐하는 그들의 모습을 보며, 여성 개인의 성공이 다른 여성들에게까지 용기를 줄 수 있다는 사실을 새삼 깨달았다. 이사라는 직위는 나 혼자가 아니라 전체 여승무원들에게

주어진 자리라는 생각이 들었다. 여성부 차관으로부터 축전과 난 화분이 왔을 때는 더 잘해야 한다는 뜻으로 해석돼 어깨가 무거워졌다.

각 신문들도 '항공사 최초의 여성 임원 탄생' '스튜어디스 출신 이사대우' 같은 제목을 뽑아 기사를 썼다. 희귀한 일이었기 때문에 그럴 만도 했다. 그 가운데 인상 깊게 읽은 신문 기사가 있었다.

100大기업 여성 임원 13명에 불과

국내 100대 기업에 근무하는 여성 임원이 불과 13명에 그치는 등 국내 기업 내 여성 차별이 심각한 것으로 나타났다.

경영 전문지 〈월간 CEO〉는 최근 국내 100대 기업(2002년 매출액 기준)을 대상으로 여성 임원 현황을 조사한 결과 10개 기업에서 13명에 불과한 것으로 조사됐다고 25일 밝혔다. 재계 순위 1위인 삼성그룹의 전체 임원 수만도 1,300여 명에 달하는 점을 감안하면 여성늘의 임원 승진이 '낙타가 바늘구멍 통과하기보다 어렵다'는 사실을 실감케 하는 대목이다.

현재 여성 임원은 대한항공 이택금 상무, 삼성전자 이현정 상무, 삼성카드 김은미 상무, 삼성화재보험 박현정 상무보, 알리안츠 생명보험 김소희 이사, 제일모직 이정민 상무보, KT 조화준 상무 · 권은희 상무보 · 이후선 상무보 · 이영희 상무대우, LG전자 김진 상무, SK 강선희 상무, SK텔레콤 윤송이 상무 등이다.

이들의 평균 연령은 40.4세이며, 임원으로 입사한 경우를 제외하고 임원이 되기까지 평균 21.3년이 걸렸다. 출신대학은 서울대 3명, 이화여대 2명을 제외하고 전부 달라 여성 임원들은 학벌이 아닌 능력에 의

여자로 태어나 대기업에서 별 따기

해 평가를 받고 있는 것으로 분석됐다.

기업의 남녀 차별 현상은 이들을 대상으로 한 설문조사 결과에서도 그대로 드러났다. 이들은 여성이 임원으로 승진하는 데 가장 어려운 점으로 '회사 내 보이지 않는 남녀차별'(6명)을 주로 꼽았으며, 다음으로 '여성 자신의 경쟁력'(2명), '육아문제'(1명) 등을 지적했다.

이들은 또 대기업에서 '여자이기 때문에 성공하기 어렵다'(8명)고 고충을 토로, 여성이 대기업에서 임원으로 성공하는 것이 결코 쉽지 않은 일임을 시사했다. 한편 이들은 여성 임원이 되고 싶어하는 후배들에게 ▲ 남성 전문인을 모델로 보지 말고 차별화된 리더십을 창출하라 ▲ 남자의 1.5배만큼 일하라 ▲ 스스로의 경쟁력을 높여라 ▲ 'Play like a man, Win like a woman(남자처럼 일하고 여자처럼 승리하라)' 등의 조언을 남겼다.

— 〈세계일보〉 2004년 5월 26일자

설문에 참여한 여성 임원들의 말도 귀담아 들어볼 만하다.

"여성 임원이 없다 보니 회사의 공식 행사에 참석했을 때 임원 부인으로 알기도 하고 임원 합숙 교육 때는 이름표에 'Mr.'라고 표기하는 일도 종종 있습니다."

"여자 임원으로서 남성들의 견고한 네트워크에 포함되기 어렵습니다. 커뮤니케이션에 제한이 있는 것도 사실이고 저녁에 술자리 등을 하지 않으니 사적인 친밀감 같은 것도 가질 수 없죠."

"기업의 여성 임원 배출은 여성의 지속적인 경제적 성장, 남성 중심의 직장 문화의 변화, 글로벌 스탠더드에 중요한 변수가 될 것입니다."

나 역시 내가 남자인 줄 알고 전화를 했다가 상대방이 깜짝 놀란 경험이 있다. 비단 우리나라만의 상황은 아닌 것 같다. 2004년에 출간된 책을 읽다가 미국의 1,000개 대기업 가운데 여성 간부는 11명밖에 되지 않는다는 대목을 읽고 적잖이 놀란 적이 있다. 어떤 나라 어떤 문화에서건 여자가 '별 달기'는 낙타가 바늘구멍 들어가기만큼 어려운 모양이다.

현재는, 혹은 가까운 미래는 여성의 시대라고 한다. 여성 인력을 활용하지 못하면 국가는 경제적·사회적 발전을 이룰 수 없고 소프트웨어가 중요한 정보화 시대에 여성의 섬세함과 부드러움, 창의력은 가장 큰 경쟁력이라고 한다. 오늘날의 조직이 요구하는 것은 '부드러운 카리스마'라고도 한다. 앞에 나서서 강력하게 팀을 이끌고 스스로도 능력과 권위를 갖춘 남성적인 리더보다는, 없는 듯 조용하게 뒤에서 밀어주고 따뜻하고 유연한 분위기를 조성해주는 여성적인 리더가 더 환영받는다고 한다.

여성이 마음껏 자신의 재능을 발휘하고 그만큼 능력을 인정받는 시대는 소문대로라면 벌써 왔어야 했다. 그러나 여전히 고위직 여성은 극소수이고 보다 하찮고, 보다 보수가 낮으며, 보다 불안정한 일은 여성들이 떠맡고 있다. 저출산 세태를 걱정하지 않는 이가 없지만, 특히 비정규직 여성들은 산전·산후 휴가를 누리지 못할뿐더러 심지어 임신했다는 이유로 해고당하는 일까지 있다고 한다.

여자가 직업을 갖는다는 것, '결혼이냐 일이냐'를 고민하지 않고 '가정이냐 회사냐' 사이에서 죄책감을 느끼지 않으며 일에 몰두할 수 있다는 것, 일을 통해 경제적 자립과 함께 자아실현을 이룬다는 것, 전

여자로 태어나 대기업에서 별 따기

문가로서 경력을 쌓고 마침내 리더의 자리에 오른다는 것은 여전히 만만치 않은 과제인 듯하다. 의도한 바는 아니지만 나 역시 결혼하지 않았기 때문에 마음껏 일에만 몰두할 수 있었는지도 모른다.

우리 세대의 일하는 여자들이 자갈 깔린 비포장도로를 걸어왔다면, 요즘 세대 여성들은 확실히 잘 닦인 아스팔트길에서 첫 출발을 한다. 남녀고용평등법과 모성보호관련법 등 법 제도는 여성이 더욱 일을 잘할 수 있는 조건을 만들어주었고 사회의 분위기나 여성 자신의 의식도 예전보다 훨씬 발전했다. 그런데도 우리나라 기업의 여성 임원 비율은 1퍼센트대다. 의문이 아닐 수 없다. 왜 여자는 '별 달기'가 이토록 힘든 것일까?

우선 조직은 여자에게 더 냉정하고 더 가혹하다. 남자만큼 해서는 잘한다는 소리를 듣기 힘들다. 남자보다 잘해야 제대로 하는 것이고, 남자보다 훨씬 잘해야 비로소 잘하는 게 된다. 여전히 여성의 몫으로 남아 있는 가사와 육아, 남성에 비해 성취욕과 야망이 적으며 네트워크가 빈약한 여성의 특성 등도 여자의 별 달기를 어렵게 만드는 요소 가운데 하나다. 그렇다면 이런 악조건을 뚫고 여자는 어떻게 목표에 도달하고 꿈을 이룰 것인가?

많은 여성들이 이 같은 질문을 한다. 어떻게 해야 회사에서 인정받고 성공할 수 있는지, 비법이나 지름길을 알려달라고 한다. 내가 실력을 키우고 열심히 일하라는 대답을 할 때마다 그들의 얼굴에는 실망하는 기색이 역력하다. 그러나 진정한 성공에는 편법도 지름길도 없다. 1,2,3을 알아야 4,5,6을 알 수 있고, 능력이 있으면 언젠가는 빛을 발하게 마련이다.

무엇보다 중요한 것은 의지다. 지금은 정보화 시대, 성공한 사람들의 자서전이나 처세를 귀띔해주는 책, 일하는 방식을 알려주는 정보는 얼마든지 찾을 수 있다. 특히 여자로 일하고 여자로 성공하는 법은 많은 이들이 이야기한다. 어쩌면 누구나 성공하는 법을 알고 있을지 모른다. 다만 행동으로 옮기지 않을 뿐이다.

여자로 별 달기

- 불평은 실력을 갖추고 난 후에 하라.
- 돈을 좇지 않을 때 돈이 따르듯 성공은 그것을 좇지 않을 때 따라온다.
- 열심히 일하되 일의 핵심을 파악하라. 전력투구하지만 비효율적으로 일하고 있다면 성공은 멀어진다. 스트레스도 증가한다. 과중한 일, 스트레스, 생산성 저하의 악순환을 되풀이하게 된다.
- 업무 외의 모임을 리드하라. 팀원과 호흡을 맞추기 위한 단합의 기회를 만들어라. 마음을 열 수 있는 기회를 만들어라. 정보를 공유할 수 있는 기회를 만들어라.
- 여성임을 잊지 말라. 당신은 혹시 남자가 되려고 애쓰고 있지는 않은가? 남자와 똑같아질 게 아니라 여자만의 차별화된 전략을 써라.
- 솔선수범하라. 상사로서 당신의 성향을 드러내라. 그리고 모범을 보여라. 애써 가르칠 필요 없다.

여자로 태어나 대기업에서 별 따기

여자의 함정,
여자의 강점

17

여자의 단점이 장점이 될 수 있고 여자의 장점이 단점이 될 수도 있다.

여자는 일을 꼼꼼하게 한다. 시간이 조금 더 걸려도 완벽하게 하려는 경향이 있다. 전체 결과를 놓고 보면 남자보다 잘하는 경우가 많다. 이것은 여자의 강점이다. 동시에 여자의 함정이기도 하다. 섬세하고 꼼꼼하다 보니 지엽적인 일에는 강한데 전체 맥락을 파악하는 일에는 약하다. 일의 흐름을 이해하고 총괄하고 조율하는 법을 배워야 한다.

완벽주의 역시 위험하다. 일을 잘한다는 것이 반드시 완벽하게 일하는 것을 의미하지는 않는다. 일의 포인트를 짚어 최대한 빠른 시간 안에 해결하려면 완벽주의는 불필요한 시간과 에너지 낭비로 이어질 수 있다. 업무의 핵심을 파악했으면 바로 행동에 들어가고, 그때는 꼭 필요한 일만 한다. 완벽한 보고서를 작성하려다가 군더더기 많은 보고서를 만들어버리는 일이 좋은 예다.

여자는 남자보다 겸손하다. 언제든지 고개를 숙이고 자신을 낮출 준비가 되어 있다. 특히 자신을 낮출 때에야 가능해지는 서비스 직종에서 여자가 강한 이유다. 그러나 여자는 겸손한 나머지 자신의 능력을 불신한다. 내가 이 일을 할 수 있을까, 내가 한 일이 상사의 마음에 들까, 나는 왜 이렇게 일을 못하지, 등등. 누구나 자신이 가진 것보다는 못 가진 것에 대해 더 많이 생각하게 마련이지만, 스스로를 평가절하하면 잘하던 일도 안 된다. 또한 과제를 완수한 후에는 잘못된 점에 집착하지 말고 잘된 것을 생각하고 스스로를 칭찬하자.

여자는 팀워크를 중요시한다. 혼자 잘해서 혼자 잘나가기보다는 여럿이 함께 호흡을 맞춰 과제를 완수하는 데 더 큰 매력을 느낀다. 여자는 구성원으로서 팀에 기여하고 팀원들과 좋은 관계를 유지하는 데 보람을 느낀다. 이것은 여자의 강점이다. 그러나 팀워크를 중요시하는 이면에는 책임지지 않으려는 속성이 숨어 있다. 여자는 어떤 일을 판단하고 그에 대해 책임지는 것을 두려워한다. 두려운 나머지 사소한 일에도 일일이 허락을 구한다. 허락을 얻은 다음에야 행동하고 그럼으로써 책임지지 않으려고 한다. 반면 남자들은 시키시 않아도 알아서 척척 해낸다. 자신이 그만한 재량은 갖고 있다고 생각하기 때문이다.

여자는 야망이 없다. 이것 역시 강점이자 함정이다. 야망이 없는 여자는 일 자체에 몰두하고 집중한다. 허욕에 휘둘리지 않고 그저 묵묵히 성실하게 일한다. 야망이 없어도 성공하는 경우는 일에 몰두했기 때문이다. 욕심이 없으니 사고도 치지 않는다. 뇌물 수수나 횡령, 사기 같은 대형 사고는 대부분 남자들이 친다. 한편, 여자는 야망이 없기에 스스로의 한계를 너무 좁게 정하고 스스로의 가능성을 낮추어보는 경향이 있다.

여자는 다른 사람을 잘 배려한다. 그리고 남을 돕는 일을 즐거워한

여자로 태어나 대기업에서 별 따기

다. 소중한 특성이지만 남을 배려하느라 자기 자신을 희생하거나 남에게 쉽게 이용당한다. 다른 사람의 일을 도와주느라 정작 내 일을 할 시간은 부족하다. 남을 배려하는 마음속에는 사랑받고 싶은 욕구가 함께한다. 이용당하고 희생되면서도 사랑받기 위해서는 어쩔 수 없다고 생각한다. 그러나 그것은 사랑이 아니다.

여자는 가족을 아끼고 자기 시간을 소중히 여긴다. 그래서 회사에 와서도 집 생각을 한다. 생각까지는 좋은데 이야기를 한다. 어머니가 병원에 입원하셔서, 아이가 학교에 들어가서, 시동생이 놀러 와서……. 이상한 것은 남자들에게도 가족이 있고 그들도 가족을 사랑할 텐데 회사에서 그런 말 하는 것을 들어본 적이 없다.

여자는 자기 시간을 소중히 여긴 나머지 퇴근하면 집에 갈 생각부터 한다. 회식이나 기타 모임에 참석하지 않으려 하고 심지어 시간 낭비라고 생각한다. 밥 먹고 술 마시고 노래방 가는 모임도 중요하다. 어떤 모임에서든 반드시 얻는 게 있다. 정보든 인맥이든 기회든 아이디어든 말이다.

TIP For Success

'여자다움'이란 아주 잘 사용하지 않는 한, 대개 득보다는 실이 된다는 점을 주의하라.

여자의 리더십

18

그동안 '대한항공에서 이택금 모르면 간첩'이었지만 '항공사 최초 여성 임원 탄생' 이후 회사 밖에서도 나를 알아보는 사람들이 많아졌다. 어느 텔레비전 방송에 나간 후부터는 전화를 걸어오는 사람, 편지를 보내오는 사람, 심지어 집까지 찾아오는 사람도 있었다.

얼마 후 직급 체계가 바뀌면서 자동적으로 상무대우가 되었다. 명칭이 달라졌을 뿐 내용은 전혀 변함이 없었지만 주변에서는 또 진급했냐며 축하를 해주었다.

여전히 나는 한 달에 70~90시간을 비행기에서 서비스를 했다. 마치 연예인이라도 보는 듯 사인을 해달라는 승객들이 줄을 설 지경이었다. 그날도 갤리로 식사를 담은 카트를 밀며 가고 있었다. 그러자 청년 승객이 달려와 대신 카트를 밀어주는 것이 아닌가.

"아이고, 이런 일은 아랫사람 시키세요."

"네. 고맙습니다."

음료 서비스 시간, 커피포트를 들고 앞좌석부터 서비스를 해나가기

여자로 태어나 대기업에서 별 따기

시작했다. 내가 따라주는 커피를 받으며 내 또래로 보이는 남자 승객이 의아한 표정을 지었다.

"이택금 이사님 아니십니까? 텔레비전에서보다 훨씬 고우시네요."

"네. 감사합니다."

"아니 그런데 상무님께서 왜 이런 일을 하십니까?"

'여자로 임원까지 된 대단한 사람'과 '대기업 임원도 별 게 아닌가'라는 생각 사이에서 헷갈리는 듯한 표정이었다.

"이게 제 일인 걸요. 저는 스튜어디스입니다."

그렇다. 나는 비행기 타는 일을 좋아한다. 비행 근무는 내가 자청한 일이고, 서비스는 나의 천직이라고 느낀다.

나는 33년 동안 비행기를 타왔지만 여행 때문에, 그러니까 승객으로 타본 적은 한 번도 없었다. 승무원 교육 때문에 승객의 입장이 되어 서비스를 받아본 적은 있지만, 내게는 역시 서비스를 하는 편이 받는 편보다 마음 편하고 즐겁다. 그날도 나는 까마득한 후배들과 똑같이 비행기를 타고 똑같이 서비스를 했다. 비행기 안에서는 20년 후배도 사무장이고 나도 사무장이다.

상무라고 더 나은 비행 스케줄을 배정받는 것도 아니다. 서울-일본-부산-일본-서울 노선 같은 이른바 '뺑뺑이'처럼 승무원들이 기피하는 노선에도 똑같이 투입된다. 물론 좋은 곳을 보내달라고 요구하지도 않는다. 또한 상무라고 해서 규정에서 자유로운 것도 아니다. 휴가를 낼 때도 다른 승무원들처럼 합당한 사유가 있어야 한다. 이사를 가야 했을 때는 계약서를 첨부해 휴가원을 내고 이사를 했다.

승무원들은 나와 한팀이 되면 긴장한다. 내가 상무라서 그렇기도 하고, 그들 말로는 카리스마 때문이라고도 한다. 내가 같이 타면 든든하다는 이야기도 한다. 믿음이 가는 모양이다. 나는 늘 말한다. "해결하기 힘든 문제가 발생하면 모두 내게 가져오라. 해결은 내가 할 테니 당신들은 신경 쓰지 말고 서비스만 열심히 하라." 그 말은 진심이며 그렇게 말할 수 있는 것은 자신감 때문이다. 손님에게는 한없이 자세를 낮추고, 몸을 사리지 않고 일하며, 할 말은 하되 쓸데없는 말은 하지 않고, 무슨 문제든 해결할 수 있는 능력. 카리스마란 그런 모습에 대한 신뢰감을 표현하는 말일 것이다.

카리스마란 리더십이다. 그리고 리더십은 여자들에게 가장 부족한 덕목 가운데 하나다. 그렇다면 리더십은 어떻게 길러지는가. 리더십이란 어떤 기술이 아니다. 리더십이란 신뢰다. 부하직원에 대한 신뢰, 그리고 부하직원으로부터 받는 신뢰, 그리고 신뢰를 받으려면 업무에 통달하는 동시에 몸으로 보여주어야 한다. 직급이 높아졌다고 자신은 움직이지 않고 말로만 일하는 관리자는 리더십을 상실하게 마련이다. 가장 좋은 방법은 솔선수범하고 언행일치하는 것이다. 그런 모습을 보여주었을 때 나를 따라오고 나를 닮으려 하고 내 말을 귓등으로 흘려듣지 않는다. 또한 말만으로는 구체적으로 무엇을 지시하는지 완전히 이해하지 못한다.

모범을 보이지 않고서는 리더가 될 수 없다. 책임자로서 소명을 다할 때, 나를 인정해주는 부하직원이 있을 때 리더십이 있는 것이며 인정받지 못하는 상사는 리더십 자체를 논할 수 없다. 실제로 아무리 직급이 높아도 인정받지 못해 모양이 우스워지는 사례들을 심심치 않게 볼 수 있다. 부하직원들은 사람 좋은 상사보다는 능력 있는 상사를 원

여자로 태어나 대기업에서 별 따기

한다.

요즘 요구되는 리더십은 여성적 리더십이다. 다른 사람이 더 잘할 수 있도록 배려하고 세세한 부분까지 신경 써주는 리더십. 전에는 정보나 인맥 때문에 남자를 중요시했지만 결국 어떤 문제가 발생했을 때는 여성적 리더십을 가진 사람을 찾게 되고 조언을 구하게 된다. 여성에게는 보다 많은 팬이 있고 지원군이 있다. 이 사실을 기억하고 자신감을 잃지 말라.

부하직원으로부터 무시당하지 않으려면

- 어떤 질문에도 대답할 수 있어야 한다. 이것은 업무를 꿰뚫고 있어야 가능한 일이다. 조금만 허점이 보여도 아랫사람은 윗사람을 신뢰하지 않는다. 업무에 능통하라.
- 능력뿐 아니라 체력, 정신력에서도 부하직원을 앞서야 한다.
- 일을 잘할 수 있게 배려하라. 일하는 데 방해가 되는 것을 파악하고 개선해주어라. 그렇게 만드는 게 리더십이다.

2004년 봄, 비행기록 25,000시간 돌파 기념회에서 후배들과 함께.

3장

☆

사람을 사랑하기,
일과 연애하기

☆

☆

여전히 위력적인 고민,
일이냐 가족이냐

19

나는 가끔 기업체나 관공서, 학교에서 열리는 강연에 불려다닌다. 두세 시간 강연하려면 대여섯 시간을 준비해야 하기 때문에 만만치 않은 일이다. 그래서 요즘은 강연이라면 손사래부터 치지만, 강연에서 얻는 경험도 많다.

홍익대학교 경영대학원에 갔을 때였다. 청중은 40대 전후의 다양한 직업을 가진 사람들이었다. 주로 회사원, 사업가, 변호사 등이었고 3분의 2가 남자였다. 가장 많이 받은 질문은 "지겹지도 않나, 어떻게 30여 년을 근속할 수 있었는가" "한눈팔지 않고 한 길만 걸어온 이유는 무엇인가"였다. 물론 여러 가지 이유가 있겠지만 생존이라는 가장 절실한 문제가 있었다. 다른 직장인들과 마찬가지였다. 구두로 밝힌 것을 포함해 사직서를 열 번 이상 냈었다는 말에 다들 놀라는 눈치였다.

두 번째로 많은 질문은 "왜 여태 결혼하지 않았는가. 일 때문에 포기한 건가"였다. 하도 많이 들어서 그 질문이 나올 줄 예상했다. 언제나처럼 나는 진실을 이야기했다. 한 달에 20일 이상 국제선을 타느라 연애할 시간이 없었다. 젊은 시절 국내선을 타던 때는 관심을 보이는 남자 승객들도 있었다. 물론 국제선을 탈 때도 관심을 표시하는 승객들이 심심치 않게 나타났다. 그들은 이렇게 말했다.

"자네 몇 살인가? 우리 아들은 스물일곱인데. 우리 아들이랑 선 한 번 보려나?"

그 시절엔 외국여행 가는 승객 중에 나와 같은 연령대가 별로 없었다. 그래서 우리 시대에는 로맨스가 거의 없었다. 선배 중 승객과 결혼한 예가 있기는 했지만 많지 않았다. 비행기에서 만난다 해도 한 달에 20일 이상 외국에 나가 있으니 관계가 더 이상 진척되지 않았다. 서울에 있어야 전화도 하고 만나서 데이트도 할 텐데 내겐 그럴 만한 여유가 전혀 없었다. 그렇게 '적령기'를 넘기다 보니 여기까지 오게 된 것일 뿐 나는 독신주의자가 아니다. 회사 일 때문에 결혼을 포기한 것도 아니다. 결혼은 언제든지 할 준비가 되어 있다. "왜 결혼 안 했느냐고 묻지만 말고 좋은 사람 있으면 소개시켜주세요." 그게 내 대답이었다.

우리나라 최초의 전자뱅크인 KTB 강연 때는 30대 중반에서 40대 초반의 남성 임원들이 대상이었다. 증권 분석가인 그들은 직장에서 오래 살아남는 법, 인정받는 법을 주로 물었다. 회사에 위기가 왔을 때 어떻게 대처했는지도 물었다.

직장에서 오래 살아남으려면 좋은 평가를 받아야 한다. 모든 평가는 자기 분야의 일을 능숙하게 처리하고 나서야 비로소 시작된다. 회사에서 인정받는 비법 같은 것은 없다. 빨리 진급했다고 해서 기뻐할 일도 아니며 남보다 늦다고 해서 좌절할 일도 아니다. 빠른 비상이란 때로 빠른 추락을 예고하기 때문이다. '임원'이란 '임시 직원'의 준말이라는 냉소적인 농담이 있다. 그만큼 불안한 자리이며 오르기보다 지키기가 더 어려운 자리라는 말이다. 빨리 승진할수록 빨리 퇴출될 위험은 높아지고, 쉽게 인정받은 것처럼 어느 날 갑자기 평가절하될 수도 있다.

변화는 혼란스럽게 마련이고 지금이 바로 그런 시기다. 그러나 스스로는 변하지 않고 변화하는 사회를 엉거주춤 따라가려면 괴롭다. 내가 변해야 하며 우선 내가 있는 곳이 발전적이어야 나도 성장한다. 우리 회사도 위기를 겪은 적이 있었지만 그럴수록 직원들은 열심히 일했다. 그런 직원들의 힘이 있었기에 회사는 정상을 되찾았고 다른 회사들이 아예 문을 닫거나 정리해고를 단행할 때 직원들은 그 보상을 받을 수 있었다.

고급 공무원들을 대상으로 한 강연의 주제는 '지금은 서비스 시대'였다. 관료적이고 권위적이던 과거 모습에서 탈피해 서비스 마인드를 갖지 않으면 국가 경영도 어렵다는 인식을 읽을 수 있었다. 서비스는 자신과 상관없다고 생각했던 공무원들이 서비스의 개념을 공부하고 서비스 철학을 내면화하려 하고 있었다.

직원에 대한 서비스, 시민에 대한 서비스 등 공무원으로서 시대의 변화에 어떻게 대처해야 하는지를 알고 싶어했다. 서비스의 시작은 마음이라고, 내 생각을 들려주었다.

한편 여성들만을 위한 강연의 내용은 조금 달랐다. 통합 전 엘지증권 강연 때는 증권사 카운터에 앉아 있는 여성들, 그러니까 과장급 직원들이 대상이었다.

"직장을 계속 다녀야 할지 말아야 할지 기로에 서 있다."

"여자라서 소외당한다는 느낌을 자주 받는다. 농담처럼 '결혼해도

여자로 태어나 대기업에서 별 따기

계속 다닐 거냐'는 질문을 받을 때면 나가라는 소리 같아서 스트레스를 받는다. 결혼 후에도 지금처럼 직장생활을 잘할 수 있을지 자신이 없다."

결혼한 여성들은 또 결혼한 여성대로 고민이 많았다. 직장에 나와서도 가족 얘기를 많이 하게 되고, 남자들로부터 '아줌마' 취급을 받는다는 하소연도 있었다.

삼성반도체에서도 과장급 여성들을 상대로 강연을 했는데 질문은 위의 경우와 거의 비슷했다.

"가사와 육아, 일을 병행하는 것이 참 어렵다. 어떻게 해야 하나?"

솔직히 깜짝 놀랐다. 아무리 박사 학위를 갖고 대기업에서 일하는 엘리트라 해도 그가 여성이라면 누구나 가정과 일 사이에서 고민하고 힘들어하고 있었다. 여자란 어떤 지위에 있든 가정이라는 굴레에서 벗어나기 힘든 존재인 것 같았다. 여자가 일에 몰두하기에는 장애물이 너무 많았다. 그들은 업무 외의 회식 피하는 방법, 여자라서 '왕따'가 될 때의 대처법 등 구체적인 질문도 했다.

나는 차마 회사냐 가정이냐, 일이냐 결혼이냐는 이제 어리석은 질문이 되었다는 말을 하지 못했다. 사생활을 포기해야만 일을 할 수 있다면 잘못하고 있는 것이라는 말도 물론 하지 못했다. 그러나 여성들은 실제로 이런 질문을 진지하게 하고 있었다.

내가 내놓은 대답은 일과 가족 두 가지 모두 중요하기 때문에 둘 사이의 균형을 잡으라는 말이었다. 그것은 시간 배분의 문제이고 조력을 구하는 문제다. 가족에 할애하는 노력이 부족하지 않도록 다시 구도를 잡아나가야 한다. 퇴근 후나 휴일을 보다 효율적으로 쓰는 것이다. 같은 시간을 보다 알차게 보내는 방법은 분명 있다.

사랑에도 집중력이 필요하다. 무엇보다 사랑은 양보다 질이다. 시간이 부족하면 부족한 대로 양질의 사랑을 베풀고, 다른 사람에게 가사와 육아를 맡기거나 적극적으로 도움을 요청한다. 그에 따르는 비용을 감수하고도 일은 충분히 할 만한 가치가 있다.

'아이 하나를 키우는 데 마을 전체가 필요하다'는 외국 속담이 있다. 특히 육아는 결코 혼자 할 수 있는 일이 아니다. 주저하지 말고 당당히 도움을 요청하라. 죄책감에 시달리지도 말라. 아이는 일하는 엄마를 자랑스러워할 것이다. 어쩌면 열심히 일하는 엄마의 모습이 가정에 전념하는 엄마의 모습보다 교육적일 수도 있다.

가정도 잘 이끌고 개인적인 삶도 풍부해야 한다. 단 직장생활과 조화를 이루며 자신의 생활을 즐기되 깔끔한 관리가 필요하다. 도움을 받을 수 없다면 회사에서 사생활을 노출하지 말아야 한다. 확실히 여자는 남자보다 사생활에 대해 낯이 말하는 경향이 있다. 사생활을 비밀에 부치라는 이야기가 아니다. 시시콜콜 이야기하지 말라는 의미다.

또한 남자 문제로 회사에 전화가 오게 한다든지 공적인 자리에서 집안일을 거론하지 말라. 공사를 구분 못하는 미숙한 여자나 전문가답지 못한 여자의 이미지를 줄 수 있다.

집과 회사 사이에서 갈등하는 당신에게

• 가사와 육아는 공동 책임이라는 사실을 잊지 말라. 가족이든 사회든

여자로 태어나 대기업에서 별 따기

국가든 그것은 함께해야 하는 일이다. 절대 혼자 할 수 있는 일이 아니다. 책임감 때문에 죄의식에 시달리느라 스트레스 받지 말라.

- 짧은 시간을 효율적으로 쓸 수 있는 방법을 연구하라. 집안일을 할 때도 일의 핵심을 파악하라. 포인트를 찾았으면 당장 실천하라. 완벽할 필요는 없다.

가족이라는 이름의 굴레,
가족이라는 이름의 희망

20

아버지는 돌아가시기 직전, 남동생에게 유언을 남기셨다.

"네 누나 때문에 편히 눈을 감지 못하겠다. 그 애가 결혼할 때까지는 네가 함께 살아줬으면 좋겠다. 그래야 내가 편안히 가겠구나."

결혼하지 않은 사람은 어른으로 치지 않았던 대개의 옛날 분들처럼, 나의 아버지도 나이가 차도록 결혼하지 않는 딸이 마음 놓이시 않아 남동생에게 나를 맡기신 것이었다.

아버지의 유언대로 동생과 나는 함께 살았고, 그 애가 결혼한 후에도 나는 그들 내외와 한 가족이었다. 나는 한참이 지난 후에야 동생이 올케에게 나와 함께 사는 조건이 아니면 결혼하지 않겠다고 했었다는 이야기를 들었다. 그 말을 듣고 참 놀랐다. 그만큼 나를 생각해주는 동생이 고마웠고 시누이와 함께 사는 조건을 기꺼이 받아들인 올케가 고마웠다.

그런 동생이 1997년, 마흔다섯이라는 한창 나이에 과로로 쓰러지고 말았다. 쓰러지면서 숨이 끊어져 뇌를 다쳤다. 전기 쇼크로 심장을 살

여자로 태어나 대기업에서 별 따기

려내고, 입이 벌어지지 않아 앞니를 다 뽑아 억지로 산소마스크를 씌웠다. 살아난 것만도 기적이라고, 의사들은 말했다.

동생은 중환자실에서 40일을 식물인간으로 지냈다. 혹시 잘못되지나 않을까 온 가족이 병원에 모여 밤을 새우곤 했다. 병명은 저산소 후유증. 그러나 불운은 거기서 그치지 않았다. 동생이 건강하기만 했어도 잘될 사업이었는데 그가 쓰러지자 부도가 났다. 채권자들이 집으로 찾아오기 시작했다. 집이 넘어가게 생겼지만, 20대 초부터 월급의 반을 꼬박꼬박 저축해 모은 돈을 다 내놓아도 동생의 빚을 갚기에는 턱없이 모자랐다. 그 돈을 내놓을 때 든든한 기둥 하나가 쓰러지는 듯한 기분이었다.

그 돈은 젊은 날 흔히 빠지기 쉬운 사치나 충동구매를 자제하며 알뜰히 저축한 전 재산이었다. 정년퇴직 후의 노후 대비 자금이기도 했다. 통장들을 생각하면 마음 한 구석이 든든해지곤 했었다. 그러나 상실감도 한순간, 그 돈이나마 없었더라면 어쩔 뻔했을까. 줄 돈이 있다는 사실이 얼마나 다행스러웠는지 몰랐다. 게다가 더 이상 없어진 돈에 대해 생각할 여유도 없었다. 그건 둘째 치고 집이라도 건사해야 했다. 동생과 올케와 조카 윤희, 우리 가족이 살아갈 공간은 있어야 했다.

그 무렵 프랑크푸르트 가는 비행기를 탔다. 집안에 우환이 있으니 마음이 편할 리 없었고 제대로 된 서비스가 나올 리 없었다. 승객들에게 내가 오늘 힘드니까 이해해달라고 부탁할 수도 없었다. 팀원들에게도 나는 아무것도 못하겠으니 너희가 다 알아서 하라고 말할 수 없었다. 게다가 사람들은 나를 늘 좋은 사람, 언제나 행복한 사람으로 알고들 있었다. 그건 집을 나오는 순간 갈아입는 옷 때문이었다. 집에서 보여지는 진짜 내 모습을 가리기 위해 밝고 환한 옷으로 갈아입는다. 누구나 그럴 것이다.

비즈니스 클래스를 서비스할 때였다. 스님 한 분이 타고 계셨다. 스님 차례가 되어 내가 물었다.

"커피 드시겠어요?"

내가 생각해도 기계적인 태도였다. 나는 말 한 마디 하는 것도 힘들고 지쳤다. 스님이 문득 내 손을 잡았다.

"지금 마음이 굉장히 아프시군요."

마치 아무도 모르는 비밀을 들키기라도 한 듯, 그 순간 얼마나 놀랐는지 모른다. 내 마음을 어떻게 알아챘을까. 서비스를 마저 끝내고 화장실로 들어갔다. 문을 걸어 잠그고 앉아서 참았던 눈물을 터뜨렸다. 한참을 그렇게 울었다. 나는 감정을 수습하고 다시 승객들이 기다리고 있는 곳으로 나왔다.

사랑하는 동생의 치유하기 힘든 병, 그의 완벽한 파산, 마지막 남은 집이 넘어갈 위기……. 모든 상황이 나를 옥죄고 있었다. 그때 친구들이 도움을 주었다. 그들의 도움으로 우리는 집을 지킬 수 있었고 그것으로 위기 하나는 넘긴 셈이었다.

여전히 나는 이자를 갚느라 쩔쩔 매며 산다. 동생은 요즘도 늘 누워지낸다. 더 나빠지지 않도록, 지금의 상태를 유지하도록 해주는 게 최선의 치료법이다. 쓰러진 후 체중이 30킬로그램이나 줄어 뼈만 앙상한 동생은 먹는 것도 힘들어 살이 붙지 않는다. 이를 뽑은 후 뿌리가 남아 있었는데 그게 암이 될 수 있다는 의사의 말에 완전히 제거하고 의치를 했다. 한 끼 식사에만 한 시간이 걸린다. 말도 하지 못하고 대소변도 다른 사람이 받아줘야 한다.

휠체어에 앉혀진 채 산책을 나가거나 6개월에 한 번 내과 검진을 갈 때가 아니면 늘 누워 있다. 외상이 없을 뿐 온전한 곳이 별로 없는 상태다. 올케는 이런 남편을 수발하고 가사를 돌보고 딸아이를 키우느라 몸이 열 개라도 부족할 지경이지만 힘든 내색 한 번 하지 않는 사람이다.

집안에 이런 환자가 있다는 사실은 매우 우울한 일이다. 그럼에도 우리 가족은 행복하다. 윤희가 있기 때문이다. 아픈 아빠 때문인지 열네 살 윤희는 또래에 비해 생각이 깊고 내성적이며 차분하다. 그런 모습이 마음 아프면서도 대견하고 한없이 사랑스럽다. 저 애가 아니었으면 우리가 어떻게 살았을까. 참 고마운 아이다.

공부를 잘해주는 것도 고맙다. 공부뿐 아니라 달리기를 하면 일등을 하고 시를 지으면 교지에 실린다. 시 낭송 대회에 나가서 상을 타온 적도 있다. 그렇게 내성적인 아이가 어떻게 리더를 할까 싶은데 학교에서는 앞줄을 달리고 있다. 윤희가 상을 하나씩 물어올 때마다 우리는 꼭 흥겨운 파티를 열었다. 닭고기 튀김 하나, 피자 한 판 시켜놓고 집안이 떠나가도록 웃어젖히며, 윤희의 수상을 축하하고 우리의 행복을 자축했다.

윤희가 아직 초등학생이었을 때 장래희망을 써오라는 숙제를 안고 왔다. 피아니스트도 되고 싶고 과학자도 되고 싶고 선생님도 되고 싶고 …… 그 나이 아이들이 대개 그렇듯이 이것저것 하고 싶은 일들을 댔다. 내가 말했다.

"윤희야, 이젠 고모도 나이가 들어서 자꾸 몸이 아프구나. 그러니 의

조카 윤희는 동생이 내게 준 소중한 선물이다. 힘이 들수록 가족은 나의 버팀목이자 위안이 되었다.

사가 돼서 아빠 병도 낫게 해주고 고모 몸도 고쳐주는 게 어떻겠니?"

그날 이후 지금까지 6, 7년 넘게 윤희의 꿈은 오로지 의사다. 의사가 되려면 어떤 학교에 가야 하고 또 얼마만큼 공부를 잘해야 하는지를 그 아이는 잘 알고 있다. 어린아이한테 내가 꿈을 강요한 건 아닌가 싶어 미안해질 만큼. 그래서 진짜 네가 하고 싶은 일을 꿈꾸라고 해봤지만 윤희의 꿈은 흔들림이 없다.

동생의 와병은 내가 살아 있으면서 받는 가장 심한 고통이다. 하지만 그런 속에서도 행복은 있다. 건강했을 때 동생은 나를 돌봐주었고 내게 윤희라는 소중한 조카를 선물해주었다. 동생이 죽을지도 모른다는 두려움에 떨면서 중환자실에 모여 있던 때에 비하면 지금은 얼마나

여자로 태어나 대기업에서 별 따기

행복한가. 이젠 동생이 잘못될까봐 초조해하지 않는다. 우리가 할 수 있는 것은 다했으니 이제부터는 신의 영역이다.

나는 늘 살아 있음에 감사한다. 살아 있는 내 동생과 건강한 나, 착하게 잘 자라고 있는 윤희와 그런 딸을 가진 윤희 엄마, 우리는 얼마나 행복한가.

TIP For Success

누구에게나 가족은 굴레이자 울타리다. 그러나 가족이 없으면 내가 누구인들 무슨 소용인가. 가족은 살벌한 사회생활을 견딜 수 있는 에너지의 근원이다.

일 잘하는 여자에게는
친구가 있다

21

스트레스는 어떻게든 풀어야 한다. 쌓아두면 몸과 마음이 망가진다. 당연히 일의 효율도 떨어진다. 스트레스를 받으면 마음의 문은 굳게 잠기고 두뇌의 유연성도 사라진다. 창의적으로 일할 수도 없고 따라서 성공할 수도 없다. 나도 직급이 높아지면서 스트레스가 쌓여 임원이 된 후 한동안은 소화 장애를 겪었다. 결국 주치의를 찾아갔는데 그가 말하기를, 잠자코 내 얘기를 들어줄 친구를 만나라고 충고해주었다. 회사 이야기이건 집안 이야기이건, 그도 아니면 시답잖은 농담이건 실컷 수다 떨고 속에 있는 말을 거짓 없이 털어놓을 수 있는 친구는 누구에게나 꼭 필요하다.

사무적인 관계가 아닌 한, 무언가 한 꺼풀 감추고 이야기하는 관계는 좋은 친구라고 할 수 없다. 가끔 만나서 밥 먹고 차 마시고 빈 시간을 채워줄 수 있을지는 모르지만 마음까지 채워주기에는 무언가 부족하다.

주치의가 스트레스 해소법으로 친구와의 수다를 권했을 때 머릿속에 떠오른 사람은 오십년지기 경희였다. 다섯 살 때 동네 친구로 만나

여자로 태어나 대기업에서 별 따기

지금까지 우정을 유지해온 우리는 친구라기보다 가족 같은 사이로 발전했다. 서로의 가족과도 친해서 나는 그녀의 남편도 내 친구처럼 보고 싶을 때가 있다.

그녀는 전화 목소리만 들어도 내 몸이 어떤 상태인지, 기분은 좋은지 나쁜지를 기가 막히게 알아맞힌다. 게장이며 떡이며 맛있는 음식을 할 때마다 챙겨 보내주는 친구가 언니 같고 엄마 같아서 나는 항상 고맙고 마음속으로 의지한다.

작년 크리스마스 무렵에는 로스앤젤레스 비행 근무가 있었다. 크리스마스나 설, 추석 명절처럼 남들에게는 축제인 날에 일해야 할 때 스튜어디스들은 우울해진다. 그럴 때마다 나는 말하곤 한다.

"하늘에서 크리스마스 이브를 맞는 우리는 행운아입니다. 신과 가장 가까이 있을 수 있으니까요."

그날 우리는 승객들이 불 끄고 잠들었을 때 짬을 내 모였다. 그리고 샴페인을 터뜨렸다.

"메리 크리스마스!"

"신이 바로 머리 위에 계시다!"

그렇게 작은 파티도 했다.

하지만 비행기에서 내리자 이력이 붙은 나도 조금은 서글펐다. 다행히 마침 로스앤젤레스에 와 있던 경희 덕에 외롭지 않은 성탄 전야를 보낼 수 있었다. 내가 묵는 호텔로 찾아온 경희와 밤새도록 맥주를 마시며 속에 있는 이야기를 모조리 꺼내놓았다.

엄살도 좀 부려보았다. 내가 얼마나 힘들고 지쳐 있는지, 평소 표현은 안 해도 회사에는 무슨 불만이 있는지, 맘에 안 드는 사람들은 왜 그렇게 많은지, 정년퇴직 후에는 어떻게 살아야 할지…….

아무 걱정 없이 '팔자 편해 보이는' 친구도 나름대로 여러 고민들을 안고 있었다. 그녀의 이야기를 듣고 나만 힘든 게 아니구나 하고 새삼스러운 생각이 들긴 했지만 그녀는 자기 이야기를 하기보다 내 이야기를 많이 들어주었다.

호텔이 떠나가라 깔깔대며 웃다가 또 서러운 마음에 훌쩍훌쩍 울기도 하며 할머니가 다 된 두 친구는 그렇게 크리스마스 아침을 맞았다.

과음한 다음날 아침이면 대개 후회를 하게 된다. 속이 쓰리고 머리가 아픈데다 술김에 치기를 부리고 말실수를 했던 기억들이 되살아나는 것인데, 경희와는 아무리 흐트러진 모습을 보이고 지나치게 솔직한 속 얘기를 털어놓아도 부끄럽거나 후회가 되지 않았다. 내게 남은 건 속이 뻥 뚫린 느낌, 가슴이 탁 트인 기분이었다. 친구를 만나라는 주치의의 조언이 떠올랐다.

같은 분야의 일을 하고 있거나 비슷한 조건을 갖고 있거나 성격과 취미가 맞아서 친구가 될 수도 있지만 많은 부분이 서로 달라도 얼마든지 좋은 우정을 맺을 수 있다. 인연은 가꿔가는 것이기 때문이다. 나는 결혼 안 한 직장 여성이고 경희는 사업가의 아내로 전업 주부다. 나는 동생 때문에 힘들 때 가톨릭에 입문했지만 경희는 오래전부터 독실한 불자다. 나는 바쁘다는 핑계로 제대로 챙겨주지 못하지만 경희는 아무리 바빠도 나를 챙기는 데 인색하지 않다. 우리는 서로 많이 다르지만 50년 세월 동안 우정을 가꾸어왔다.

잘잘못을 따지기 전에 일단 내 편이 되어주고, 별 도움도 되지 않는 충고보다는 조용히 하소연을 들어주며, 우정을 빙자해 비판하는 대신

여자로 태어나 대기업에서 별 따기

지지와 칭찬을 아끼지 않는 친구는 살아가는 데 굉장히 큰 힘이 된다. 이 넓은 세상에 나 혼자뿐인 듯할 때, 도처에 적들만 득시글거리는 것 같을 때, 내 능력에 대해 회의가 들 때, 생각대로 일이 잘 안 풀릴 때, 혹은 아주 기쁘고 즐거운 일이 생겼을 때조차 좋은 친구는 든든한 기둥으로, 질투 없이 내 행복을 나눠 갖는 가족 같은 존재로 내게 꼭 필요하다.

사무적인 계기로, 혹은 같은 일을 하면서 만난 친구도 좋지만 일과 전혀 상관없는 친구 하나쯤은 꼭 있어야 한다. 비밀도 거짓말도 없이 허심탄회하게 만날 수 있는 친구가 몇 명이나 되는지 손꼽아보자. 의외로 몇 명 되지 않는다는 사실에 깜짝 놀랄 것이다. 스트레스 해소용으로 얼마든지 이용해도 미안하지 않을 만한—나 역시 얼마든지 기쁘게 이용당해 줄 의사가 있으므로—친구를 만들자. 지금이라도 늦지 않았다. 인연은 가꾸어나가기 나름이다.

TIP For Success

일을 잘하려면 좋은 친구를 만들어라. 내 편이 단 한 명만 있어도 우리는 좌절하지 않는다.

사람은 가장 큰 재산

22

나는 정기적으로 만나는 사람들이 있다. 나보다 10년 이상이나 나이가 많은 남자들이다. 그들끼리는 이미 절친한 친구 사이이기 때문에 그들의 모임에 내가 끼어들었다는 표현이 정확할 것이다. 그 모임에 끼어든 지 벌써 20년이 되어가기는 하지만.

남동생의 부도로 집이 경매로 넘어가게 됐을 때, 머릿속이 하얗게 비워지는 느낌이었다. 세상 물정 모르는 나로서는 정말 버거운 일이었다. 부동산이나 증권은커녕 그 흔한 계 한 번 안 해보고 월급 저축하는 것만 노후 대책이고 재테크로 알았던 나였다.

최후의 보루이던 통장은 빚잔치로 이미 잔고가 바닥나 있었고 집이 우리 가족의 유일한 재산이었다. 친구 경희에게 고충을 토로했더니 그녀가 도움을 주었다. 남편의 인맥을 동원해 어느 은행의 부행장을 소개시켜주었던 것이다. 자신은 돕지 못해도 남으로 하여금 도와주게 하려는 그녀가 고마웠다.

그간 나는 누구에게 큰돈을 빌려본 적도, 은행에서 대출을 받아본 적도 없었기 때문에 은행 문턱은 높게만 느껴졌다. 처음 보는 사람한테 어려운 처지를 설명하고 도움을 청할 일을 생각하니 창피함이 앞섰다. 다른 방법만 있었어도 찾아가지 않았을 것이다. 드디어 부행장을 대면한 순간, 나는 어렵사리 입을 열어 내가 처한 상황을 설명하고 대출을 받을 수 없겠느냐고 물었다.

"돈을 빌릴 수 있을까요? 하지만 나에겐 담보가 될 만한 게 없습니다. 아무것도 가진 게 없어요."

"이택금 씨는 대한항공 부장이지요?"

"그렇습니다."

"회사 그만둘 생각입니까?"

"……?"

"앞으로 몇십 년은 더 일할 것 같은데 무슨 걱정입니까. 열심히 일해 갚으세요."

나에게는 아무런 담보도 없었지만 그는 돈을 갚을 수 있는 능력만 보고 절차를 갖춰 대출을 받을 수 있게 해주었다. 그렇게 간신히 우리 집을 지켰다.

그러나 채권자들이 제기한 소송비용도 만만치 않았다. 그러자 그는 변호사로 일하는 자신의 친구를 소개시켜주었고 그 변호사는 상담과 조언을 아끼지 않았다. 낯설고 까다로운 법률문제를 상담할 수 있다는 것은 실질적으로 큰 도움이 되었을 뿐 아니라 심리적으로도 많은 위안을 받았다. 마치 망망대해에 홀로 떠 있다가 구조선을 만난 기분이었다. 게다가 그는 무료 변론도 맡아주었다.

재판에 도움이 된다고 해서 아주 개인적이고 소소한 사정까지 솔직하게 털어놓았는데, 그것을 계기로 더 이상 숨길 것 없는 사이가 되어버렸다. 한 꺼풀 가리고 이야기하는 한 상대방도 구체적인 해결책을 제시해줄 수 없다. 솔직하게 말하지 않으면 관계가 진척되지도 않는다. 무언가 숨기는 듯한 친구에게 신뢰가 가기는 힘들다. 그 변호사와도 허심탄회하게 대화하는 가운데 우정이 싹텄다고나 할까. 그러다가 감히 그분들 모임에까지 끼게 되었다.

내 인생에서 가장 힘든 때 그런 분들을 만날 수 있었음은 틀림없는 축복이다. 오랜 시간이 지난 지금도 나는 여전히 그들에게 뜨거운 감사의 마음을 갖고 있다. 내 인생의 선배로 모시고 있는 곽근배 회장 내외께도 많은 용기와 격려를 받았다. 너무나 감사한 일이다.

연장자 친구들은 내 신랑감을 찾는 데 동분서주하기도 했다. 하지만 결국은 이런 결론이 나고 말았다.

"혼자 사는 게 나아. 게다가 자네가 시집가면 우리 친구들은 어떡하라고."

친구들은 심리적으로도 큰 위로가 되었다. 아무리 생각해도 해결 방법이 없어 끙끙 앓던 문제도 그들 앞에만 가면 아무것도 아닌 일이 되었다.

"걱정하지 마. 다 길이 있어."

어느 정도 시간이 가기 전에는 힘든 상황이 닥쳤을 때 길이 보이지 않는다. 당황하기 때문에 사고가 정지하고, 시야는 좁아진다. 좋은 생각이 떠오르지 않을뿐더러 평소 잘 알고 있던 것도 생각해내지 못한다. 침착함을 되찾지 않는 이상 그럴 수밖에 없다. 이럴 때 연상의 친구들은 큰 도움이 된다. 그들은 연륜에서 나오는 경험과 지식으로 실질적인 조언을 들려준다. 삶에 깊은 안목을 가질 수 있는 기회를 주기도 한다. 처신하는 법과 생활의 지혜를 배울 수도 있다. 이것은 살아가는 데 큰 힘이 된다. 그 나이가 되기 전에는 알 수 없는 세계를 슬쩍 엿볼 수도 있다. 어떤 말을 해도 넉넉한 품으로 받아주기 때문에 비난 받을 걱정 없이 마음껏 말할 수 있는 점도 매력이다. 연장자로 구성된 모임의 일원이 되는 일은 즐겁다. 언제나 만남이 기다려지고 만나고 나면 뿌듯한 마음으로 돌아오게 된다.

연상 친구만큼은 아니지만 연하 친구, 특히 한참 어린 친구를 두어도 좋다. 소문으로만 듣던 '요즘 애들'의 실체를 확인하고 시대의 변화를 읽을 수 있다. 젊은 사람들은 내게 늘 신선한 자극이 된다. 그러나 또래 친구만큼 편한 상대도 없다. 만나서 재미있게 놀고 정보를 주고받고 힘들면 하소연하는 친구로서 제일 좋다. 공감할 수 있는 부분이 많아서 이야기도 잘 통한다.

신뢰할 수 있는 사람은 가장 큰 재산이다. 젊어서는 진정한 '내 사람'의 필요성을 잘 모른다. 세월이 가는 만큼 힘든 일도 많이 생기고 도와주고 도움 받을 일도 늘어난다. 결국은 사람이 모든 일을 하는 것이다. 내 곁에 믿을 만한 사람들이 있다면 그만큼 든든한 일이 또 어디 있겠는가. 결정적인 순간에 내 편이 되어줄 견고한 우정을 쌓아가야 한다.

'무엇을 아느냐가 아니라 누구를 아느냐가 중요하다'는 말이 있다. 성공하려면 실력만큼 중요한 게 없지만 사람 또한 성공의 필수 요건이라는 의미일 것이다.

여성에게도 인맥은 중요하다. 첫 만남에서 내 사람을 만들라. 대개는 첫 인상이 마지막 인상이 되는 경우가 많다. 일로써 만나도 신뢰와 믿음을 최우선에 두어라. 그러면 남다른 인연으로 발전한다.

성공을 위한
네트워킹

23

어느 날이었다. 출입구에 서서 승객들을 맞는데 유난히 눈에 띄는 청년들이 있었다. 일본인과 러시아인이었는데 머리를 길게 길러 뒤로 묶고 찢어진 청바지에 낡은 셔츠를 입고 있었다. 1980년대, 우리나라에서는 보기 드문 차림이었다. 친구 사이로 보이는 그들은 둘 다 히피 같은 분위기를 짙게 풍겼다.

이륙한 지 두어 시간쯤 지났을까. 만취한 승객 때문에 다른 승객들이 불안감을 호소한다는 보고가 들어왔다. 보조 사무장인 스튜어드가 나서서 말려보았지만 제지가 안 된다고 했다. 가보니 탑승할 때부터 눈길이 갔던 두 청년 가운데 러시아 청년이었다. 맥주 두 캔밖에 마시지 않았다는데 그는 큰 덩치를 흔들며 뭐라고 소리를 질러대고 있었다. 술을 더 달라는 소리 같았다.

지상과의 기압 차이 때문에 기내에서 마시는 술은 금세 취한다. 땅에서의 한 잔이 하늘에서는 세 잔이 되는 셈이다. 그렇다고는 해도 맥주 두 캔에 그렇게 취할 리는 없었다. 탑승 전에 이미 술을 마셨던 게 분명했다. 왜 알아차리지 못했을까. 워낙 술이 센 러시아인이라 탑승할 때만 해도 멀쩡해 보였던 모양이다.

"술은 더 이상 서비스해 드릴 수가 없어요. 다른 손님들에게 방해가 되니 조용히 해주세요."

나는 영어로 말했고 그는 러시아어로 뭐라고 대답했다. 도무지 대화가 되지 않았다. 이륙한 지 다섯 시간쯤 지났을 무렵이라 잠 자다 깬 승객들의 불만이 여기저기서 터져나왔다. 그가 난동이나 부리지 않을까 불안해서 자리를 옮기는 승객들도 있었고, 다른 스튜어디스와 스튜어드들도 제지 못한 남자를 사무장이라는 저 여자가 어떻게 처리할까 숨죽이며 지켜보는 승객들도 있었다. 어떻게든 이 사태를 해결해야 했다. 나는 그의 일본인 친구에게 통역을 부탁해 다시 한 번 주의를 주었다. 그러나 그는 아랑곳하지 않았다.

"술이나 더 가져와. 왜 안 주는 거야. 기장 어디 있어. 서비스를 이따위로 해도 되는지 내가 가서 물어보지."

일본인 친구가 말렸지만 그는 벌떡 일어서며 나를 밀쳤다. 내 얼굴이 그의 가슴팍에 닿았다. 내 몸의 두 배는 되는 것 같았다. 제지하기는커녕 세가 밀리고 있었다. 왈칵 두려움이 몰려왔지만 떨지 않으려고 애쓰며 다시 통역을 부탁했다.

"계속 이러면 비상 착륙을 할 수밖에 없습니다. 그러면 그 비용은 모두 당신이 지불해야 합니다."

"마음대로 하셔. 난 한 푼도 없는 놈이니까."

이미 기내는 시장바닥처럼 소란스러워진 상태였다. 여기저기서 "저런 놈은 비행기에서 쫓아내야 돼" "착륙하면 경찰에 넘겨요" 같은 소리들이 들려왔다. 이런 일을 해결 못하면 기장에게 보고를 해야 하는

여자로 태어나 대기업에서 별 따기

데 보고를 들은 기장은 불안해하게 마련이다. 그리고 기장의 불안감은 안전 운항에 치명적이다. 특히 외국인 기장은 더 민감해서 정말 비상 착륙을 할지도 몰랐다. 나에겐 마지막 카드였다.

마지막 카드를 써버렸으니 하이재커의 출현 같은 초비상 사태에나 쓸 수 있는 방법을 떠올릴 수밖에 없었다.

"그렇다면 가스총으로 당신을 잠재우는 수밖에 없겠군요. 내가 총을 가지고 오기 전에 조용히 하세요."

하지만 그는 믿지 않았고, 나는 가스총과 포승이 있는 조종실로 향했다. 승객들의 시선이 뒤통수에 와 꽂히는 것 같았다. 취한 손님 하나 통제할 수 없는 나 자신이 부끄럽고 승객들을 편히 모시지 못해 너무나 죄송했다. 아무리 시위용이라지만 승객에게 가스총과 포승을 쓰겠다니 기장도 걱정스러운 눈치였다. 그가 여자인 당신이 할 수 있겠냐고 하자 한국인 부기장이 같이 가서 도와주겠다고 했다. 하지만 그러면 그가 더 흥분할 터였다. 나는 한손엔 가스총을 다른 한손엔 포승을 들고 객실로 나갔다. 내가 생각해도 영화 같았지만 어떻게든 마무리를 해야 했다.

"마지막 경고입니다. 알겠어요?"

가스총을 들어 보이는 내 손이 부들부들 떨리는 것 같았다. 가슴은 더 뛰었다. 기내에 긴장감이 감돌았다. 모두들 어떻게 될지 예의 주시하고 있었다. 이 남자가 '그래 쏴라, 쏴' 하고 가슴을 내밀면 어쩌지? 그 다음에 난 어떻게 해야 하지? 정말로 쏠 수도 없고. 오, 하느님. 마침내 그가 입을 열었다. 아주 짧은 순간이었지만 한없이 더딘 시간이기도 했다.

"아이 엠 쏘리, 쏘리."

지금까지와는 딴판이 된 그가 일본식으로 두 손을 모으고 고개까지 숙이며 사과를 하고 나왔다. 그러자 승객들이 박수를 치기 시작했다. 이로써 두 시간의 실랑이가 끝났고 승객들은 편히 잠을 이룰 수 있게 되었다. 그리고 사무장으로서의 내 체면도 회복한 셈이었다. 그는 더 이상 소란을 피우지 않고 조용히 자다가 비행기를 내렸다.

그 순간에는 나름대로 위기에 대처했다고 생각했지만 그후 두 달 동안은 불안에 떨며 밤잠을 설쳐야 했다. 실제로 사용할 생각은 추호도 없었지만 어쨌든 가스총을 들고 나왔다는 것은 승무원으로서 칭찬받을 일은 아니었다. 승객들은 기뻐하며 내게 박수를 쳐주었지만 그 중 눈살을 찌푸리고 있던 누군가는 회사에 편지를 써 보내지나 않았을까. 그래서 시말서를 쓰게 되는 건 아닐까. 걱정이 이만저만이 아니었다.

다행히 아무 일도 없었다. 그러나 그 사건에 대해 한동안 아무에게도 이야기하지 못했다. '불량 사례'로 소개해 교육 사료로 쓸 수도 있었을 테지만 친한 몇몇에게만 얘기를 해줬다.

특히 후배들은 내 이야기에서 몇 가지 쓸 만한 지침을 얻었다. 승객 앞에서 절대로 당황한 모습을 보여서는 안 된다는 점, 침착하지 않으면 아무것도 할 수 없다는 점, 그리고 술 취한 승객을 다룰 때는 좀 강하게 나갈 필요가 있다는 점을.

현장은 살아 움직이는 곳이다. 너무나 자주 예기치 못한 상황이 벌어진다. 교과서에도 나와 있지 않고 누구도 가르쳐주지 않았던 일들. 어떤 위기가 있었고 어떻게 대처해야 하는지에 대한 정보는 공식적으로 전달되지 않는다. 사례가 너무 많기 때문이다. 이때 필요한 것이 네

여자로 태어나 대기업에서 별 따기

트워크다. 나의 '가스총 위협 사건'은 극단적인 예에 속하지만 이런 경우를 많이 찾아볼 수 있다. 이른바 '비하인드 스토리'나 교과서에 없는 정보는 비공식적인 네트워크를 통해 전달된다. 그리고 그렇게 유통되는 정보의 가치는 공식적인 정보의 가치를 능가한다. 소수만 알고 있기 때문이다.

진실을 알고 싶다면 어린아이나 노인에게 물어보라는 말이 있다. 마찬가지로, 알짜 정보를 구하려면 친한 사람들에게 물어보라.

TIP For Success

- 사람들과 불화하지 않는 것만으로는 부족하다. 사람들과 잘 지내라. 그래야 일을 잘할 수 있다.
- 퇴근 후 시간을 아끼지 말라. 같이 술을 마시거나 같이 운동을 하거나 같이 영화를 보라. 여의치 않다면 관심을 표시하라. 기념일을 기억하고 카드를 써 보내라.
- 네트워크가 필요할 때 네트워크를 구축하려 하면 이미 늦은 것이다.

역할 모델을 만들어라

24

처음 대한항공에 입사해 신입사원 교육을 받을 때였다. 교육에는 베이비 케어와 매너 강의가 포함되어 있었다. 그 과목을 가르쳤던 선생님은 1960년대 초, 우리나라 여성으로는 처음으로 노스웨스트 항공에 근무했던 명정애 여사였다.

제주도도 가보기 힘들었던 시절, 외국 항공사에 근무하며 전 세계를 다닌 여성이었으니 세련된 외모는 물론 몸에 밴 깔끔한 매너는 스튜어디스들조차 감탄할 정도였다. 그녀의 넘치지도 모자라지도 않은 행동 하나하나는 무서운 절제력과 피나는 노력의 결과라고 했다.

우리를 가르칠 때는 스튜어디스직에서 물러나 대한항공에서 강의만 할 때였는데, 그녀가 풍기는 아름다움이란 말로 표현하기 어려웠다. 그 아름다움은 외모에서뿐 아니라 세련된 태도와 우아한 말투, 높은 교양에서 나오는 것이었다.

그 시절에 망토와 부츠를 신은 그녀의 모습도 신선한 충격이었다. 새내기 스튜어디스들은 그런 선생님을 넋을 잃고 쳐다보느라 강의 내용이 귀에 들어오지 않을 정도였다. 그때 우리는 누구나 선생님을 닮

여자로 태어나 대기업에서 별 따기

고 싶어했다.

그분을 다시 만난 것은 대한항공 퇴직 승무원들의 모임인 동우회에서였다. 대한항공 출신은 아니지만 일주일에 몇 시간씩 신입사원 교육을 맡았던 인연으로 지금도 명예회원으로 참석해 모임을 빛내주신다. 그런 자리에서 만나면 선생님은 늘 내게 칭찬과 격려를 아끼지 않았다. 과장이 되었을 때 받은 전화가 기억에 남는다.

"택금 씨, 드디어 해냈군요. 내가 다 자랑스러워요. 앞으로도 계속 건승하세요."

평범한 말이었지만 진심으로 축하해주고 기뻐해주는 여자 선배의 존재가 그리울 때라 참으로 많은 용기가 되었다. 힘들고 어려울 때 하소연하면, "살아가는 데 어렵지 않은 일이 어디 있겠어요. 택금 씨가 지금 그만두면 다른 여승무원들의 기대를 저버리는 셈이에요"라는 부드러운 말로 나를 질책하기도 했다.

〈총명한 여자는 아부하지 않고 색 쓰지 않으며 포기하지 않는다.(聰明な女は 媚びず, 甘えず, 諦めず.)〉

선생님에게서 선물로 받은 일본 책의 제목이다. 제목을 읽는 순간 가슴이 뭉클했었다. 여자라는 불리한 입장에서 특혜를 받기 위해 아부하고 성적으로 어필하며 역경을 이기지 못하고 포기하기는 쉽다. 그러나 총명한 여자는 어려워도 정도를 걷는다. 그것이 진정한 성공이기 때문이다.

그 책의 내용은 내 인생에 하나의 지침이 되었다. 그분은 그 책을 선물로 주시면서 이렇게 말했다.

"택금 씨도 이런 책을 내면 좋은 선례가 될 것 같아요."

감히 책을 쓰겠다는 생각을 하지 못했던 15년 전, 그 말은 내게 큰 격려와 용기를 주었다.

그런 한 마디 한 마디가 감동으로 다가왔다. 그것은 선생님의 말이 누구도 해줄 수 없는 특별한 말이어서가 아니라 내가 늘 닮고 싶다고 생각한 사람의 말이었기 때문일 것이다. 오랫동안 내 머릿속에는 신입사원 시절, 선생님에게서 받은 매너와 에티켓 교육이 남아 있었다. 나자신을 돌아볼 때마다 나는 그분처럼 하고 있는가를 되새겨보았다.

특히 여자 선배가 거의 전무한 상태에서 그분은 선생님이자 마음속으로부터 깊이 의지할 수 있는 선배였고, 내가 닮고자 하는 하나의 이상이었다. 그런 이상형을 가질 수 있다는 것만으로도 행운이었다고 나는 생각한다.

역할 모델을 갖는 것은 성장을 위해 중요하다. 특히 여성에게는 더욱 필요한 일이다. 선례가 많지 않기 때문이다. 그들을 통해서 여성은 이상적인 자아의 모습을 향해 나아가기가 보다 쉬워진다.

TIP For Success

닮고 싶은 여성이 있는가? 없다면 그보다 불행한 일도 없다. 나 자신을 닮는 일은 불가능하기 때문이다.

회사와 뜨겁게
연애하라

25

우리 회사에는 승무부를 포함해
열여덟 개의 부서가 있고, 모두
1만7천여 명의 직원이 근무하고
있다. 고객을 목적지까지 편안하게 모시기 위해 이렇듯 많은 사람들이
자기가 맡은 분야에서 열심히 일하고 있다.

항공사의 업무 중 가장 중요한 일은 주로 비행기 안에서 일어난다.
상품 마케팅을 하고 탑승 예약을 받고 승무원 교육을 하는 그 모든 일
들이 비행기 안에서 마지막을 이루기 위해 하는 일이다. 여러 악기의
연주자들이 모여 오케스트라의 아름다운 화음을 이루어내듯이, 비행
기가 뜨고 내리는 그 시간을 위해 항공사의 모든 업무가 존재하는 것
이라고 해도 과언이 아니다. 기내 서비스에서 마지막 승부가 나는 것
이다.

내가 지상에서 하는 행정직보다 비행기 안에서의 근무를 좋아했고
더 보람을 느꼈던 것도 이런 이유에서였다. 나는 내 일을 사랑한다. 그
래서 회사도 사랑한다.

1970년대, 대한항공이 미국에 처음 취항했을 때 한국 교포들은 태

극기를 흔들며 울먹였다고 한다. 그 이후로도 미국에 가서 교포들을 만나면 순수한 마음으로 맞아주었다. 승무원들이 그냥 관광객으로 보이지 않았던 모양이다. 공연하러 온 무용 단체냐고 묻는 사람도 있었고, 단번에 승무원들이냐고 묻는 사람도 있었다. 그들은 우리가 "대한항공입니다"라고 대답하면 저녁을 사겠다며 아주 반가워했다. 내가 대한항공이라는 회사에 다니기에 받을 수 있는 환대와 사랑이었다.

한국으로 돌아오는 비행기에 탄 승객들은 이런 말을 많이 한다.

"벌써 우리 집에 다 온 것 같구먼. 우리 아가씨들을 보니 너무 반갑네요."

단지 국적기를 탔다는 것만으로도 안도감을 느끼고 고향을 대하는 듯 편안해하는 승객들을 보며 보람을 느꼈다. 이런 일을 할 수 있는 나자신에 대한 긍지와 회사에 대한 고마움을 느꼈다.

나는 언제나 회사를 짝사랑해왔다. 출근 전에도, 퇴근 후에도, 잠자는 시간 말고는 회사 생각만 했다. 머릿속에 회사 생각만 가득 차 있는 생활을 아주 오랫동안 했다. 퇴근을 하고 집에서 자다가도 전화가 오면 회사로 달려나갔고, 하루 업무가 끝나도 내 시간을 갖기보다 회식에서 팀워크를 다지는 일에 시간을 썼다. 이 일은 어떻게 처리해야 할까를 생각하다 잠이 들었다. 그러다 보니 회사에 대해서 많이 알게 되었다. 내가 좋아하는 일만 하고 내 업무만 생각했다면 회사가 어떻게 돌아가는지 전체적인 분위기를 파악하지 못하고 부분적인 이해만 하게 되었을 것이다.

조금은 특별한 서비스업이기 때문에 항공사는 대중적으로 많은 관심을 받는다. 비행기 안의 승객이건, 내가 항공사에 다닌다는 사실을

처음엔 비행기를 타고 외국을 자유롭게 다닐 수 있다는 것에 매력을 느껴 스튜어디스가 되었지만,
30년이 넘도록 회사는 나의 애인이었다. 스튜어디스가 된 지 3년째인 1975년 그랜드 캐년을 배경으로 포즈를 취했다(위).
2005년 다시 그곳을 찾은 필자(아래).

아는 비행기 밖의 다른 사람이건 내게 여러 가지를 묻곤 한다. 그럴 때마다 나는 잘 모르겠다고 대답한 적이 없다. 어느 자리에서 누구를 만나든 제대로 대답할 수 있었다. 마치 사장처럼. 돌이켜보니 언제부터인가 나는 내가 사장인 것처럼 말하고 사장인 것처럼 행동해왔다. 회사가 안 좋은 일로 매스컴을 타면 사장처럼 전전긍긍했고, 회사를 칭찬하는 말을 들으면 사장처럼, 내 일처럼 기뻤다. 어떤 문제가 생기면 마치 사장인 양 내가 꼭 해결해야 했다. 사장도 아니면서 사장인 체하는 나는 회사에 빠졌어도 단단히 빠진 사람이었다.

회사는 이제 나의 터전이 되어버렸다. 그저 월급 받고 받은 만큼 일해주는 종업원이라기보다는 생사고락을 같이한 내 식구 같고 내 집 같다. '대한항공 이택금' 하면 많은 이들이 나를 알지만 그저 '이택금' 하면 누가 나를 알까. 아무도 모른다. 지금의 나는 회사라는 버팀목이 있었기에 가능했다. 회사에 대한 애정이 있을 때 모든 가능성이 내게 열린다.

- 회사에 대한 사랑은 언제나 짝사랑이다. 회사는 냉정하고 매몰차다. 그러나 애인에게 공을 들이듯 회사에 공을 들여라. 결국은 열애하게 될 것이다.
- 당신이 회사를 사랑하는 것은 회사가 아니라 당신 자신을 위한 것임을 잊지 말라.

여자로 태어나 대기업에서 별 따기

고객과 사랑하라

26

2000년 1월 초순이었다. 몇십 년 만에 폭설이 내려 서울의 교통이 마비되었다. 오전 10시에 떠나야 할 뉴욕행 비행기도 밤이 되도록 이륙하지 못하고 있었다. 기껏 제빙 작업을 하면 또 눈이 내리고 그 눈을 다 치우고 나면 다시 내리는 식이었다. 정말 대단한 눈이었다. 막 제빙 작업을 끝낸 활주로가 또다시 눈으로 하얗게 뒤덮이고 있었다.

공항 대기실은 이륙을 기다리는 손님들과 승무원들로 북적였다. 양쪽 모두 지칠 대로 지쳐 있었다. 밤 10시, 마침내 열두 시간의 기다림이 끝나고 탑승이 시작되었다. 인력으로는 어떻게 할 수 없는 날씨가 그 이유라도 승객들은 비행이 지연되면 불만을 토로하게 마련인데, 그날은 한 명도 그런 승객이 없었다. 그 정도로 지쳐 있었던 것이다.

승무원들도 졸리고 피곤했지만 열두 시간을 밖에서 기다린 승객들에게 최선을 다해 서비스했다. 평소보다 정성껏 모시고 힘들어도 더 환하게 미소를 지었다. 그렇게 열 시간을 날아 이제 두 시간 후면 뉴욕 도착이었다. 그때까지 불만을 이야기하는 손님은 없었다. 이코노미 클래스를 지날 때였다. 나이 지긋한 남자 승객 한 분이 내게 말했다.

"사무장님이십니까?"

"네, 손님. 맞습니다."

그가 내 손을 꼭 잡으며 말했다.

"고단하시죠? 너무 고생했어요. 정말로 고생했습니다. 30년 동안 미국에 살면서 오랜만에 우리나라에 왔다가 돌아가는 길인데 비행기가 안 떠서 참 속이 상했어요. 그래서 싫은 소리 한 마디 해야겠다고 기회만 보고 있었죠. 한데 너무 잘해주시는 바람에 기회를 놓쳐버렸네요. 나이도 있으신 것 같은데 침착하게 잘하시는 것 보니까 참 좋았습니다. 편안하게 참 잘 왔어요."

그러자 주위에 있던 승객들이 하나 둘 손을 내밀며 수고했다고 말해주는 게 아닌가. 순간 가슴이 뭉클했다. 승객들과 일일이 손을 잡으면서 나는 스튜어디스가 되길 참 잘했다고 또 한 번 생각했다.

이제 40분 후면 도착이었다. 기상의 착륙 안내 방송만으로는 부족할 것 같았다. 고생하면서 함께 온 승객들에게 미안함과 고마운 마음을 표현할 적절한 방법을 찾다가 스페셜 멘트를 하기로 했다.

"40분 후면 비행기는 여러분이 고대하시던 뉴욕 JFK공항에 착륙하겠습니다. 예상치 못한 기상 악화로 오랜 시간 기다리게 해서 죄송하게 생각합니다. 하지만 행복한 비행이었습니다. 그토록 힘든 시간을 기다리셨으면서도 오히려 저희들을 격려해주시는 여러분과 함께할 수 있었기 때문입니다. 부디 내리시는 순간까지 안녕히 가십시오. 올해도 여러분의 가정에 평화와 행운이 깃들기를 바랍니다. 새해 복 많이 받으십시오. 새해에도 저희 비행기에서 여러분을 다시 뵐 수 있기를 소망합니다."

미리 약속한 대로 방송이 끝나자 승무원들이 허리 굽혀 인사를 했다. 손님들이 일제히 박수를 치기 시작했다. 기내에 400여 명의 승객들이 치는 박수 소리가 울려퍼졌다. 감동적이었다. 승무원들은 울먹이고 나도 콧등이 시큰해졌다. 그날의 박수는 승객들에게 받은 최고의 선물이었다.

비행기에서 내리자마자 직원이 종이를 내밀었다.

"전문입니다."

서울의 승무부에서 온 전문이었다.

'너무나 고생이 많으셨습니다. 편히 쉬다 돌아오십시오.'

그 한 마디가 마음을 꽉 채워주었다.

따뜻한 말 한 마디의 위력은 이런 것이다. 힘든 일을 잊게 하고 보람을 느끼게 한다. 진심 어린 말 한 마디가 닫힌 마음을 열고 꽁꽁 언 마음을 녹인다.

1970년대에는 자녀의 초청으로 미국에 가는 할머니 할아버지 승객들이 많았다. 노인이나 환자, 장애인과 어린이를 더욱 배려하는 것이 승무원들에게는 당연한 일인데도 그분들은 고마워서 어쩔 줄 몰라하곤 했다. 한번은 할아버지 승객에게 비빔밥을 비벼 드렸더니 내 손에 1달러짜리 지폐를 쥐어줬다.

"줄 게 이것밖에 없어서 미안하네. 하지만 받아줘. 고마워서 그래."

정말 작은 돈이었지만 그렇게 기쁠 수가 없었다. 손님이 내가 열심히 하는 것을 알아주시는구나, 내가 조금만 더 노력해도 이렇게 좋아하시는데 손님들한테 더 잘해야겠구나 싶었다.

성의 있는 서비스에 감동해 승무원들에게 기내에서 판매하는 향수를 사주거나 회사에 이야기해 상을 받게 해주는 승객들도 많았다. 그런 승객 한 명 때문에 백 명의 승객에게 시달린 피로를 잊을 수 있었다.

동생이 중증 환자가 된 후로 남의 일로만 보였던 '장애'를 내 일처럼 여기게 되었다. 승객 중에 장애를 가진 사람이 있으면 저절로 마음이 쓰였다. 정말 잘 보살펴주고 싶고, 목적지까지 누구보다 편안하게 모시려 애썼다. 심한 뇌성마비를 가진 어린 청년이 휠체어에 의지해 탑승한 적이 있었다. 그저 조금 더 친절했을 뿐인데 목적지에 도착했을 때 그는 내게서 떨어지지 않으려 했다. 겨우 비행기를 내리면서도 몹시 아쉬워했다.

고객은 상품뿐 아니라 친절을 함께 구매한다. 따라서 친절한 서비스를 당연하게 여기면서도, 진심에서 우러나온 친절을 대하면 감동한다. 어떤 관계에서든 진심은 통하게 마련이다. 회사를 사랑해야 하듯 고객도 사랑해야 한다. 사랑하면 사랑받는다.

TIP For Success

고객을 사랑하라. 고객보다 고마운 존재는 없다.

여자로 태어나 대기업에서 별 따기

4장

조직에서 살아남는
7가지 방법

☆

하찮은 일을 열심히 하라

27

점보 여객기가 하와이 취항을 처음 시작한 때였다. 한 구역을 스튜어드 한 명과 스튜어디스 두 명이 담당했는데, 그 세 명 가운데 스튜어드는 하와이의 남성 전통의상을, 시니어 스튜어디스는 무무(Muumuu, 하와이의 여성 전통의상)를, 주니어 스튜어디스는 한복을 입고 비행 근무를 했다.

시니어는 편한 옷에 샌들을 신고 있는데 주니어였던 나는 발을 꽉 죄는 버선에 고무신을 신었다. 그렇게 열 시간을 가면 나중엔 구두에 들어가지 않을 만큼 발이 붓곤 했다. 한복은 입고만 있어도 불편했는데 기내를 돌아다니며 서비스까지 하려니 거치적거려서 여간 힘든 게 아니었다. 하지만 외국인 승객들은 너무 좋아했다. 서비스를 하려고 나갈 때마다 아주 예쁘다면서 같이 사진을 찍자고 청했다. 나중에 회사로 사진을 부쳐주기도 했다.

발은 아파 죽겠는데 서빙에 사진 모델까지 하려니 갤리로 돌아오면 바닥에 철퍼덕 주저앉아 아픈 발을 쉬게 했다. 지금도 생각하면 웃음이 나온다. 밖에서는 "뷰티풀" 소리 들으며 뷰티풀하게 서비스하고 활짝 웃으며 모델 노릇 하다가, 갤리 안에 들어와서는 두 팔로 몸을 지탱한 채 고무신에 버선까지 홀랑 벗어버린 두 발을 상자 위에 올려놓고 있는 모습을 생각하면.

그러다가 벨 소리가 들리면 잘 신기지도 않는 버선을 부리나케 꿰어 신고 아무 일도 없었다는 듯 객실로 나가 또 사진을 찍었다. 다시 갤리로 들어와 발을 올려놓고 쉬는데 문이 열리면서 사무장이 들어왔다.

"이택금 씨, 지금 뭐하는 거요? 이렇게 있으면 안 돼요."

나는 또 후다닥 버선을 신고 매무새를 가다듬었다.

"죄송합니다."

총알같이 튀어 일어나 얼른 객실로 나왔지만 서러워지기 시작했다. 그렇게 열 시간을 날아가 하와이에 도착했을 때 나는 절뚝거리며 걸어야 했다. 그야말로 내가 모델도 아니고 한국 전통인형도 아닌데 왜 편한 유니폼 놔두고 한복까지 입어가며 일해야 하나 하는 생각에 스스로가 하찮은 존재가 되어버린 느낌이었다.

자신의 일에 대한 자긍심이 없으면 자신감도 사라진다. 이런 고충은 초기 스튜어드들도 겪었다. 그 당시 스튜어드들은 입사 연한에 상관없이 바로 관리자 역할을 하다가 퍼스트 클래스 서비스에 투입되자 몹시 부끄러워했다. 차를 따르고 과일을 깎아내고 식사를 가져다주면서 '내가 그래도 남자인데 이런 일까지 해야 하나' 라고 생각하는 게 분명했다. 일에 대한 자신감이 없었기 때문에 그들의 손놀림은 서툴렀다.

오늘도 많은 직장인들, 특히 여성들은 일을 하다 스스로를 하찮게 느끼는 경우가 많다. 그러나 세상에 하찮은 일이란 없다. 그리고 내가 하찮은 존재가 아닌 까닭은 작은 일도 멋지게 해내기 때문이다. 커피를 타거나 복사를 하거나 책상을 닦는 일을, 해야 하나 말아야 하나 고민하고, 어쩔 수 없이 하면서도 갈등하는 시간에 어떻게 하면 작고 하찮은 그 일을 보다 빨리 정확하게 할 수 있는지를 고민하는 편이 낫다.

조직은 냉정하며 하고 싶은 일만 하려는 사람을 인정하지 않는다. 아무리 시시한 일이라도 시시하게 대충 하지 말아야 한다. 누군가 해야 하는 일이라면 내가 하고, 하려거든 적극적으로 철저하게 해야 한다. 그런 사람이 능력 있고 멋있어 보인다.

어느 소설에서 이런 요지의 글을 읽은 적이 있다. 다른 사람을 위해 빨래를 하고 청소를 하고 음식을 만드는 것은 분명 아름다운 일이지만 그 일을 어느 한 사람만 해야 한다면 그것은 아름다운 일이 아니다. 하찮은 일도 열심히 하되 부당하다고 느껴지거나, 혼자만 그런 일을 맡게 되어 억울하다면 순번을 정해 같이 하자고 제안하면 된다. 중요한 것은 일을 대하는 마음가짐이다.

언젠가 다른 회사를 방문했는데 젊은 남자 직원이 차를 내왔다. 하기 싫지만 어쩔 수 없이 한다거나 남자인데 이런 일을 해서 부끄럽다는 듯한 태도는 눈곱만큼도 찾아볼 수 없었다. 너무나 자연스럽고 친절히면서도 당당한 모습이었다. 아주 짧은 순간이었지만 찻잔을 내려놓는 손길, "차 드세요"라고 권하는 상냥한 말투, 눈을 마주치며 미소 짓는 그에게서 자신감을 느낄 수 있었다. 참 보기 좋았다. 멋있게 느껴졌다. 그는 손님에게 차를 대접하는 간단한 일 외에도 복잡하고 어려운 일도 잘할 거라는 생각이 들었다. 그리고 어디서든 인정받을 것 같았다.

요즘 스튜어드들은 옛날 남자들과 달라서 스튜어디스보다 더 서비

여자로 태어나 대기업에서 별 따기

스를 잘한다. 물론 부끄러워하지도 않는다. 당연한 일이지만 내가 보기에도 흐뭇하다.

새로 들어온 승무원들을 대상으로 한 교육 시간에 가장 많이 받는 질문은 '어떻게 하면 회사에서 인정받고 성공할 수 있는가'다. 지름길을 가르쳐달라고 한다. 신세대다운 요구사항이다. 그러면 나는 열심히 성실하게 일하라고 구시대적인 대답을 한다. 하찮은 일도 열심히 하고 달리는 말처럼, 묵묵히 일하는 소처럼 하면 된다고 말해준다. 잔뜩 기대하고 있다가 싱거운 대답이 나오자 가슴에 와닿지 않는 듯한 표정들이다. 이미 다 알고 있는 교과서적인 대답 아닌가. 하지만 그것이 기본이다. 인정받고 성공하려면 기본부터 충실해야 한다.

하찮은 일을 열심히 하라. 그런 태도는 성실함에서 나온다. 반짝이는 아이디어도 창의적인 일 처리도 뛰어난 리더십도 모두 그 다음의 일이다. 일단 기본이 되어 있어야 하는 것이다.

TIP For Success

당신의 태도에 따라 당신이 하고 있는 일이 중요한 일이 될 수도 있고 하찮은 일이 될 수도 있다.

실수를 통해
성장하라

28

1980년대 중반, 출입국 수속이 가장 까다로웠던 나라 가운데 하나가 우리나라, 바로 서울이었다. 북한과의 관계가 경직되어 있던 때라 객실에는 따로 보안 요원이 탑승했고 "보안 때문에"라는 말 한 마디면 어느 누구도 이의를 달 수 없는 분위기였다. 공항은 하나의 작은 정부였다. 법무부, 세관, 안기부, 백호실, 외사과 등 열두 군데나 되는 기관들이 공항에 나와 있어서 출입국할 때마다 각 기관에 제반 서류들을 돌려야 했다.

지금 같은 컴퓨터 시스템이 없던 때라 탑승객 수도 일일이 세어야 했다. 탑승이 시작되면 승무원 하나가 출입구 앞에서 승객의 한쪽 발이 문턱을 넘는 순간마다 '헤드 카운터(Head Counter)'라는 기계를 눌렀다. 그 승무원은 정확하게 숫자를 세기 위해 누구의 질문도 받아선 안 된다. 꾹 다문 입, 매서운 눈초리로 장승처럼 꼼짝 않고 서서 엄지손가락만 바삐 놀리는 것이다. 어른·어린이·환자를 구분해서 '찰칵 찰칵' 버튼을 눌러댔다.

탑승이 모두 끝나면 출국카드 숫자와 대조하기 위해 법무부 출국 담당 직원이 인원을 확인했다. 한 명이라도 남거나 모자라면 처음부터 다시 해야 했다.

"안 맞는데, 다시."

그러나 승객들은 이미 자리에 앉아 있거나 화장실을 사용하기도 하고 좌석을 떠나 자유롭게 돌아다니며 말로만 듣던 점보, B-747기를 구경하고 있게 마련이었다. 그런 승객들을 모두 제자리에 앉혀야 했다. 화장실 사용을 제지하고 여기저기 구경하는 승객들에게 좌석에 앉아줄 것을 부탁하느라 모든 승무원들이 "죄송하지만"을 외치면서 진땀을 빼곤 했다. 그렇게 승객들이 모두 자리에 앉으면 승무원 두 명이 양쪽 뒤에서부터 헤드 카운터를 찰칵거리며 맨 앞 출입문까지 와서 몇 명인지 맞추어보았다. 그렇게 법무부 직원의 "오케이!"를 받고서야 "휴, 드디어 맞았네!"를 외치며 출입문을 닫을 수 있었다. 출국하기 전 가장 어려운 작업이 이 인원 체크였다.

물론 입국할 때도 여러 까다로운 절차들이 있다. 전산화가 되어 있지 않아 특히 산더미 같은 서류 챙기는 일이 정신없고 까다로웠다. 그 가운데 '지디(GD: General Declaration)'라는 서류는 항공기 기종과 고유번호, 출발지와 도착지, 승객과 승무원 명단, 검역 관련 사항 등 매우 상세한 내용이 들어 있었고, 이 서류에 출발지의 출항 허가 직인을 받아 입국시 정부기관에 제출해야 했다. 다른 나라는 대개 세 세트만 만들어 제출하면 되었지만 우리나라는 아홉 세트나 만들어야 했다. 그만큼 보고할 기관이 많았다.

사무장 시절, 방콕에서 서울로 돌아가는 비행 때였다. 방콕은 다른 선진국에 비해 허술한 구석이 있어서 늘 출발 직전에야 지디를 부랴부라 가져다주었다. 그밖에도 비행기에 실리는 서류가 많았다. 출입문을 닫을 때에야 그 전에 도착했어야 하는 서류들을 내밀며 사인을 해달라고 재촉하는 통에 정신이 없곤 했는데 그날도 그런 날이었다.

비행기가 이륙하고 나는 지디를 작성하기 위해 자리에 앉았다. 그런데 아무리 찾아도 스탬프가 찍힌 지디가 보이지 않았다. 다른 서류는 모두 있는데 출발이 연기되는 한이 있어도 반드시 챙겨야 할 스탬프 지디만 없는 것이었다. 현기증이 일었다. 눈을 감았다가 다시 뜨고 떴다 감기를 반복했지만 어지럼증은 사라지지 않았다. 출항 전 워낙 서류가 많고 정신이 없어 지디를 받았는지 안 받았는지 기억도 나지 않았다. 하고 많은 서류 중에 스탬프 지디를 빠뜨리다니, 하필 이런 실수를 하다니! 그러나 비행기는 이미 하늘을 날고 있었다. 아무리 생각해도 방법이 없었다. 얼굴이 확확 달아올랐다.

출국 때와 마찬가지로, 착륙해 출입문을 열면 법무부 입국 담당 직원이 기다리고 서 있을 게 뻔했다. 법무부 직원의 첫 마디는 늘 똑같았다.

"서류."

지디를 건네받은 그는 제일 먼저 직인이 찍혔는지를 확인했다.

"좋습니다."

그때부터 승객 하기가 시작되는 것이다. 만약 완벽하지 않으면 승객들은 서류가 해결될 때까지 비행기에서 내릴 수가 없었다.

비행기가 착륙하면 승객들은 자리에서 일어나기부터 했다. 조금이라도 빨리 내리려고 서둘러 짐을 챙기고 앞사람을 밀쳐가며 앞으로 나가는 승객도 있다. 서류 확인을 하는 10분도 승객들에게는 너무 길게 느껴지게 마련이어서, 목을 길게 빼고 출구 쪽을 바라보며 문이 열리

여자로 태어나 대기업에서 별 따기

기만을 기다리곤 했다.

그런데 스탬프 지디가 없는 것이다. 머릿속에 400명 모든 승객이 일제히 발을 구르며 빨리 내려달라고 아우성치는 환상이 떠올랐다. 출입문이 열리자마자 "서류" 하며 손을 내밀 법무부 직원의 얼굴도 떠올랐다. 시말서를 쓰는 데서 그치지 않을 처벌이 생각났다. 이 일을 어쩌면 좋단 말인가.

"사무장님, 몸이 안 좋으신가봐요?"

깜짝 놀라 고개를 돌리니 시니어 스튜어디스였다. 그러나 누구에게도 말할 수 없었다. 의논한다고 해결될 일도 아니었다.

"좀 쉬셔야겠어요."

걱정하는 그녀에게 아무 일도 아니라고 말하고 나는 궁리를 하기 시작했다. "서류" 하기 전에 자진해서 이실직고하고 용서를 구해볼까? 한두 번 본 사이도 아닌데 이번만 봐달라고 매달려볼까? 서슬 퍼런 시대에 분명히 불가능한 일이었다. 징계도 우리끼리가 아니고 국가 기관에서 처벌하라는 공문이 올 정도의 실수였다. 다른 일은 아무것도 손에 잡히지 않았다. 그러다가 예전에 동료들과 수다를 떨던 생각이 났다.

"태국 글씨는 꼭 지렁이 같지 않니?"

"맞아. 글씨 같지가 않아. 그래도 태국 사람들은 알아보겠지?"

"외국인이 보기엔 지렁이가 기어가는 걸 그려놓은 것 같은데."

"익숙하지 않은 외국어라는 게 다 그렇지 뭐."

그렇다, 지렁이를 그려야 한다. 나는 용감무쌍하게도 공문서를 위조하기로 작심했다. 영어도, 일어도 아니고 태국어를 알아볼 만한 사람은 아마 없을 터였다. 지디에 스탬프 대신 사인을 하기도 하는 나라가 있었는데, 태국도 그러했다.

직인이 찍히지 않은 지디는 여분으로 몇 부 비치돼 있었다. 우선 화장실로 들어가 빈 종이에 열댓 번 사인을 연습했다. 굵은 지렁이, 가는 지렁이, 긴 지렁이, 짧은 지렁이……. 마침내 내 기억 속의 태국 글씨와 가장 근접한 지렁이를 그려내는 데 성공했다. 그러고 나서 지디의 직인란에 조심스럽게 사인을 그려넣기 시작했다.

거의 실신할 지경이었던 방콕에서 서울까지의 여섯 시간. 길고 긴 고뇌와 혼돈의 시간이 끝나고 마침내 비행기는 가볍게 서울에 착륙했다. 얼마간 진정되었던 가슴이 다시금 쿵쿵대기 시작했다. 위조한 게 드러나면 지디를 빠뜨리고 온 것보다 더 무거운 징계를 받을 게 뻔했다. 그러나 운명에 맡기는 수밖에 없었다.

출입구가 열렸다.

"서류, 지디요."

터질 것처럼 심장이 뛰었지만 침착하게 대답했다.

"네, 여기 있습니다."

그는 사인을 확인하더니 말했다.

"네, 좋습니다."

무사히 승객 하기가 시작되었다. 진정되지 않은 가슴을 큰 호흡으로 가다듬으며 나는 여느 때보다 크고 낭랑한 목소리로 인사했다.

"저희 비행기를 이용해주셔서 감사합니다. 안녕히 가세요."

승객이 모두 내리고 승무원들과 함께 입국 심사대를 통과하면서 다시 떨리기 시작했다. '여기 사무장이 누구요? 사무장!'

누가 뒤에서 나를 부르는 듯, 뒷머리가 잡아당겨지는 듯했다. 그러나 아무도 나를 불러세우지 않았고 나는 빠른 걸음으로 청사를 빠져나왔다. 대기실에 들어와 사복으로 갈아입는 동안에도 내 귀는 오랫동안 활짝 열려 있어야 했다. '혹시 막 방콕에서 도착한 사무장 있습니까?' 하고 누군가 문을 열 것만 같았다.

도망치듯 집으로 달려갔다. 그러나 집으로 연락이 올까봐 그날 밤은 잠도 오지 않았다. 그 이튿날도, 한 달이 지나서까지도 나는 무언가를 기다리고 있었다. 잠이나 편히 자게 어차피 올 상황이면 빨리 왔으면 싶었다. 다행히 그 일은 영원한 비밀로 남았다. 이렇게 글을 쓰기 전까지는. 물론 공소 시효가 지났기 때문에 하는 고백이다.

지금도 그때를 생각하면 가슴이 졸아든다. 어느 정도 사무장 경력이 붙은 때였고, 그래서 방심한 탓이 컸다. 처음 사무장을 할 때는 내가 확인해야 할 사항을 메모해 갖고 다니며 일일이 체크를 했기 때문에 이런 실수는 없었다. 경험이 쌓이니 자신감이 붙으면서 자만심까지 더해진 결과였다. 그 이후 나는 다시 체크 리스트를 만들어 갖고 다녔고, 바쁘고 정신없는 때일수록 느긋하고 침착하게 하나하나 일을 처리하려고 애썼다.

모든 실수는 방심에서 나온다. 또한 큰 실수는 큰 반성의 계기가 되지만 작은 실수는 잠깐의 반성뿐 그런 실수를 되풀이하게 되기 십상이다. 자책할 필요는 없지만 아무리 작은 실수라 해도 스스로 용납해서는 안 되며, 실수를 통해 배우는 게 있어야 실수가 '바보 짓'이 되지 않는다. 그러기 위해서는 우선 메모하는 습관을 들여야 한다. 지하철 안에서나 잠자리에 들기 전 수첩을 정리할 때 스케줄이나 약속, 금전

출납만 쓸 게 아니라 그날의 실수를 기록하고 개선 방향을 생각해보는 것도 좋은 방법이다.

일하다가 좀더 효율적인 방식을 찾아냈다면 그것도 기록한다. 실수를 줄일 수 있는 방법으로 권할 만하다. 다른 사람의 실수에서 배우는 것도 좋은 자세다. 비웃을 게 아니라 왜 그런 어처구니없는 실수를 했는지, 그의 실수 처리 방식은 어디가 잘못됐는지 생각해보자. 실수 관리 역시 자기 관리다.

TIP For Success

당신이 실수하는 것은 창의적이기 때문이다. 창의적으로 일하지 않는 사람은 실수할 기회도 없다.

여자로 태어나 대기업에서 별 따기

잘못을 인정하라

29

누구나 실수를 하고 잘못을 저지른다. 때로는 내 잘못이 아닌 일로 책임을 져야 할 때도 있다.

중동 건설 특수 때였다. 김포공항은 각 건설사의 인력 송출로 매일 발 디딜 틈이 없었다. 대부분 사우디아라비아로 떠나는 인력이었지만 직항 노선이 없던 때라 중간 기착지인 방콕을 거쳐야 했다. 이때 하루 전에 서울을 떠나 방콕에서 기다리고 있던 다른 팀은 다음 구간을 이어받아 비행 근무에 투입된다. 우리 팀이 방콕에서 사우디아라비아의 제다 구간을 맡게 되었다. 서울에서 방콕으로 오는 비행 근무를 한 다음 하룻밤 자고 일어나 우리는 제다행 비행기에 올랐다.

방콕의 규정상 중간 기착지에 내린 승무원들과 다음에 탈 승무원들은 만날 수가 없었다. 따라서 서울에서 방콕까지 오는 동안 일어난 일을 상세하게 기술해 인수인계해야 다음 구간 비행까지 문제없이 연결되었다. 항공기 고유번호나 기장과 승무원 명단, 중간 기착지에서 내린 승객 수 같은 기본적인 내용 외에도 몇 번 좌석 조명이 고장 났다, 몇 번 좌석 승객은 환자이고 병명은 무엇이다, 몇 번 승객은 술을 많이

조직에서 살아남는 7가지 방법 | 151

마셨으니 더 이상 술을 서비스해서는 안 된다, 몇 번 승객은 불만을 제기했다 등등 시시콜콜한 내용까지 전달되어야 한다. 그리고 마지막 팀은 중간 기착지에서 탑승한 승객 수를 합해 최종 목적지에서 내리는 승객의 숫자를 보고서에 표기해야 한다. 이것이 비행기 인수인계 사항이 모두 들어 있는 사무장의 비행보고서(Purser Report)다.

비행기가 중간 기착지에 닿고 승객들이 내리면 기내는 분주하고 복잡해진다. 청소하는 사람, 남은 기내식을 내리고 새 음식을 올리는 사람, 문제된 부분을 정비하는 사람…… . 비행기 출발 시간에 맞춰야 하기 때문에 그들의 작업 속도는 놀라울 만큼 빠르고 정확하다. 각자 자신이 맡은 일에 몰두하느라 누가 옆에서 물어도 웬만큼 큰 목소리가 아니면 듣지도 못한다.

그렇게 정신없는 시간이 지나갔다. 승객 탑승구만 남겨놓은 채 작업하느라 열어놓았던 다른 문을 모두 닫았다. 전 팀에서 남겨놓은 보고서도 다시 확인했다. 특이사항에는 '서울 출발 시 승객 한 명 착오. 재확인 요망'이라고 적혀 있었다. 승객들이 탑승하기 시작했고, 세어보니 승객 숫자도 정확히 맞았다. 한숨 돌리고 가볍게 방송을 시작했다. 혹시 아직도 기내에 남아 있는 직원이 있는지 확인하기 위해서였다. 넓은 기내 어딘가에서 승객과 티켓 등의 문제로 얘기하는 중일 수도 있고 그 밖의 다른 이유로 아직 못 내린 지상직원이 있을 수 있었다.

"곧 출입문을 닫겠습니다. 지상직원들은 속히 하기해주시기 바랍니다."

영어 방송을 한 번 더 내보낸 후 10분쯤 기다리다가 출입문을 닫았다. 비행기는 가볍게 하늘로 떠올랐다.

여자로 태어나 대기업에서 별 따기

첫 번째 기내식 서빙이 끝나갈 무렵이었다. 보조 사무장이 질린 얼굴로 다가왔다

"큰일났어요!"

"왜요?"

"방콕에서 음식 탑재 작업 직원 한 명이 못 내리고 실려 왔습니다."

"뭐라고?"

사우디아라비아 제다 공항은 전 세계가 긴장하는 곳이었다. 우리 회사에도 이곳을 경유해 스위스로 연결되는 항공편이 있었는데, 입국사열 직원과 세관 직원 몇 명이 기내로 들어와 직접 검사를 했다. 승무원과 승객들은 마치 죄인처럼 숨죽이며 검사가 끝나기를 기다려야 했다. 승객이 개인적으로 구매한 술병은 한데 모아 보이지 않는 곳에 두어야 하고, 빈 와인 잔에 와인이 몇 방울 남아 있어도, 야한 사진의 책 표지가 보여도 안 되었다. 그들은 아주 느긋한 태도로 맨 앞에서부터 맨 뒤까지 시간에 구애받지 않고 승객들을 검사했다. 승무원들은 비행기가 제 시간에 출발할 수 있도록, 그들이 들어오면 공손하게 다가가 상냥하게 인사하곤 했다.

"미스터 압둘, 하우아유?"

그의 성이 무언지 알 리 없지만 우리나라의 김씨처럼 흔한 '압둘'을 붙여 부르는 것이다. 사우디아라비아 사람 특유의 꾹 다문 입술과 길게 기른 콧수염, 부리부리한 눈, 숱 많은 머리칼을 가진 그들은 모두 키가 크고 근엄한 표정이었다. 그의 기분에 따라 제 시간에 출발할 수 있느냐 없느냐가 결정되었기 때문에 좋은 인상을 주기 위해 노력해야 했다. 그런데 승객의 수가 틀리다니, 있을 수 없는 일이었다.

"어쩌다 못 내렸대요?"

"그게…… 큰일이 급해서 화장실에 있었답니다."

그 태국인은 영어가 능숙하지 못하다고 했다. 손짓 발짓으로 보조 사무장과 의사소통이 된 모양이었다. 화장실에서 방송을 들었다 해도 이해하지 못했을 것이다.

그가 볼일을 보고 나왔을 때 비행기는 이미 공중을 날고 있었지만 그는 더운 나라 국민답게 느긋이 기내식도 먹었다. 그러다 보조 사무장에게 발견되고는 두 손을 모으고 "쏘리"를 연발하는데 사우디아라비아의 악명을 익히 알고 있는 듯했다고 한다. 어떻게 해야 할지 난감했다. 하지만 고의도 악의도 없는 그저 실수였을 뿐인데 나 역시 어쩔 수 없었다.

화장실 안에 있었기 때문에 승객 수를 셀 때 알 수도 없었을뿐더러, 승객 출입문이 아니라 뒷문을 열고 기내에 들어와 작업했기 때문에 승객 수와는 별도였다. 여러 차례 방송도 했다. 그러나 한 명의 사우디아라비아 불법 입국자가 생기고 말았다. 보고를 받은 기장은 제다 공항 관제탑에 보고를 했다.

드디어 세다 공항에 도착했다. 이른 아침이었지만 문을 여니 훅 열기가 끼쳐왔다. 문앞에는 벌써 우리 직원과 제다 공항 관계자가 와서 기다리고 있었다. 태국 청년은 마치 죄인처럼 양팔을 잡힌 채 그들과 함께 사라졌다. 승객들도 모두 내렸고 승무원들도 근무를 끝내고 호텔에서 휴식을 취했다. 다시 방콕으로 가면서 큰 걱정은 하지 않았다. 우리 직원에 의해 본사에는 이미 보고가 되었고, 태국 청년도 사우디 항공에서 일하는 태국인의 통역으로 고의가 아니었음을 해명한 후 방콕

여자로 태어나 대기업에서 별 따기

으로 돌려보내졌다는 소식을 들은 터였다. 아무 걱정 없이 방콕에서 휴식을 취하고 서울에 도착했다.

늘 그랬듯이 대기실의 내 우편함부터 열어보았다. 공문 한 장이 들어 있었다.

'제다 입국 시 불법 승객(1명)에 대한 경위서 제출 바람.'

별도의 리포트가 또 필요하다고? 나는 사실대로 상세히 작성해 경위서를 제출했다. 며칠 후, 우편함에서 짧은 공문 한 장을 발견했다.

'제다 불법 입국자에 대한 징계. 감봉 3개월.'

전혀 예상치 못한 일이었다. 이미 모든 사항을 써냈기 때문에 더 이상 설명할 말도 없었다. 내 잘못이 아니니 억울하기도 했다. 그러고 나서 깨달았다. 나는 왜 아무 잘못도 없다고 생각했던 것일까? 객실에서 일어나는 모든 일은 내 책임이고, 그런 자리가 사무장 아닌가. 몇 달이 지나 그 일도 거의 잊고 있었다. 방콕에서 서울로 오는 비행 근무였다. 복잡한 기내로 들어오는데 작업을 하고 있던 태국인 한 명이 내게 뛰어왔다. 그 청년이었다. 바쁜 중에도 나를 알아보고 달려왔던 것이다. 그는 두 손을 모으며 "쏘리, 땡큐"를 연발했다. 그때는 미안했고 고마웠다는 표현이리라. 3개월 감봉이라는 중징계는 받았어도 다시 만나니 참 반가웠다. 문제없이 계속 일하고 있는 모습을 보니 기쁘기도 했다. 정상 참작이 되었던 모양이었다.

비행기가 서울을 향해 출발했을 때, 후배 스튜어디스가 내게 커다란 보따리를 가져다주었다. 어느 태국인 직원이 내게 전해달라고 했다며 그녀는 고개를 갸우뚱거렸다. 그가 어떻게 우리 사무장을 알고 이런 걸 전하는 걸까 궁금해하는 듯했다. 보따리를 풀어보니 색색의 과일이

한가득 들어 있었다. 그렇게 달고 맛있는 과일은 처음이었다.

잘못을 시인하면 해결이 빨라진다. 시간이 흐른 뒤에야 실책이 드러나는 경우에는 그 자리에서 잘못을 인정하지 않게 된다. 어차피 밝혀질 사실, 숨겨서 될 일도 아니다. 두려움을 떨치고 인정하면 걱정했던 것보다 쉽게 문제가 해결된다는 것을 체험하게 될 것이다. "제가 잘못했습니다"라고 말하면 상대방도 더 이상 할 얘기가 없어진다. 그렇게 말하는 사람에 대한 인상도 확 달라진다. 신뢰가 가고 책임감도 강해 보인다. 반면 회피하는 사람과는 얘기가 길어지고 서로 피곤해진다. 결국은 회피하지도 못한다.

잘못을 인정했을 때에야 비로소 상대방은 내게 도움을 준다. 책임을 최소화하는 노련한 방법을 가르쳐줄 수도 있다. 그러나 회피하면 방법을 가르쳐줄 수가 없다. 고수는 자기 잘못을 솔직히 인정한다. 해결책은 여기서부터 나온다.

한 개의 접시를 닦는 사람은 접시를 깨뜨리지 않는다. 하지만 백 개를 닦는 사람은 한두 개의 접시를 깨뜨릴 수 있다. 일을 많이 하면 실수를 할 수 있다. 누구도 한 번의 잘못으로 그 사람 전체를 평가하지는 않는다. 얼마든지 만회할 수 있는 기회가 있다. 그러니 잘못을 부정하지 말고 인정하자.

피하지 말고 스스로의 잘못을 솔직히 인정하라. 그러나 내가 책임질 잘못의 한계는 분명히 해야 한다. "이 부분은 내 잘못입니다" 혹은 "여기까지만 제가 잘못했습니다"라고 말하라.

여자로 태어나 대기업에서 별 따기

자기 자신을
설득하라

30

1989년 여름, 나는 리비아의 건설 현장으로 가는 우리 노무자들이 승객의 대부분이었던 트리폴리행 비행기에 앉아 있었다. 발목 인대가 파열되어 석 달간 깁스를 하는 바람에 그동안은 비행 근무를 할 수 없었다. 다친 후 첫 비행이었다. 안개 속이긴 했지만 5분 후면 우리는 활주로에 내려앉을 예정이었다. 그리고 나는 비행기에서 내리는 순간, 해방감을 만끽하며 다음 비행까지 휴식을 즐길 것이다. 언제나 그랬듯이. 비행기 안에서는 최선을 다하지만 일단 내리면 모든 걸 잊고 낯선 풍경을 음미하며 쉴 수 있는 여유, 이런 즐거움 때문에 스튜어디스를 계속하는 것 아니겠는가. 나는 어서 비행기가 착륙하기만을 기다리고 있었다.

그때였다. 몸이 바닥으로 내팽개쳐졌다. 그리고 철거를 위해 건물을 폭파시킬 때처럼 엄청난 굉음이 들렸다. 단 몇 초 사이에 일어난 일이었고, 나는 정신을 잃었다.

얼마나 지났을까. 눈을 떴을 땐 아무것도 보이지 않았다. '사고구나.' 그제야 모든 것이 내려앉은 기내가 조금씩 눈에 들어왔다. 어서 일어나야 한다는 생각이 들었지만 몸이 말을 듣지 않았다. 곳곳에서 터져나오는 신음 소리, 참혹한 울부짖음만 들려올 뿐이었다.

"어서 나와요! 이쪽이에요, 이쪽!"

칠흑 같은 어둠 속에서 한 줄기 빛이 들어왔고 그 빛을 통해 앞을 분간하기 어려운 시커먼 먼지들이 떠다니는 것이 보였다. 그 빛을 따라 사람들이 앞다투어 뛰쳐나가고 있었다. 나도 어서 나가야 한다고 생각했지만 내 몸은 좌석에 고정되어 있어 꼼짝하지 않았다. 승무원은 안전벨트 외에 어깨띠(Shoulder Harness)까지 매게 돼 있는데, 그 바람에 내 몸은 의자에 고정된 채, 의자와 함께 벽에서 떨어져 바닥에 고꾸라져 있었던 것이다. 나는 벨트와 어깨띠를 풀고 간신히 의자에서 빠져나왔다. 겨우 코앞을 분간할 수 있는 어둠 속에서도 무너져내린 선반이며 뒤엉킨 짐과 사람들의 형체가 보였다.

"빨리 나와요!"

저 앞에서 또다시 다급한 목소리가 들렸다. 나 역시 그 목소리를 따라 승객들을 향해 외쳤다.

"빛을 따라 나가세요! 어서요!"

몸이 부들부들 떨리면서 목소리도 잘 나오지 않았지만 정신없이 외쳤다. 눈앞에 벌어진 참혹함은 차마 감당하기 힘들었다. 여기저기 내동댕이쳐진 채 엎어진 사람들이 보였다. 잡아당겨도 보고 일으켜 세우려고도 해보았지만 꼼짝하지 않았다.

"일어나세요! 빨리 일어나요!"

목이 터져라 외칠 뿐이었다. 정신을 차리고 밖으로 나간 승객들은 다시 들어와 쓰러진 사람들을 끌어내기 시작했다. 나는 사람의 형체를 발견할 때마다 "여기 또 있어요!" 소리 지르며 도와달라고 요청했다. 나 혼자 힘으로는 한 사람도 끌어낼 수 없었다. 승객들과 함께 스튜어디스도 끌어냈다. 그때는 사람만 보이면 끌어냈기 때문에 사망했는지 의식을 잃었는지 몰랐지만, 나중에 알고 보니 대부분 이미 사망한 상태였다.

환한 아침 햇살 속에 드러난 광경은 처참했다. 그곳은 과수원이었고, 과수원 안의 농가 한 채를 들이받은 채 비행기는 땅에 처박혀 있었다. 시커먼 연기를 내뿜으며, 내장을 드러낸 짐승처럼 잔해를 쏟아낸 채. 비행기는 완전히 두 동강 나 있었다. 동강난 가운데 쪽과 농가를 들이받은 뒤쪽의 승객들이 피해를 많이 보았을 것이다.

그러나 그런 생각도 잠시, 나는 아수라장이 된 속에서 부들부들 떨고 있었다. 눈앞의 현실이 믿어지지 않았다. 옷이 찢기고 머리가 깨져 피투성이로 울부짖는 사람들. 그러나 기체 밖으로 튕겨져나온 사람들의 모습은 더욱 끔찍했다. 팔이 잘린 사람, 다리가 끊어진 사람, 알아볼 수 없게 몸이 망가진 사람……. 전쟁터, 아니 지옥이 있다면 아마 이런 광경이었으리라.

목숨이 붙어 있다면, 팔다리가 멀쩡한 사람이라면, 승객이건 승무원이건 할 것 없이 하나가 되어 생존자를 구출하는 데 힘을 쏟았다. 그렇게 30분쯤 흘렀을까. 폭죽이 터지듯이 연이은 폭발음이 들렸다. 곧 큰 폭발이 있을 전조였다. 우리는 비행기를 피해 도망치듯 달리기 시작했다.

버스들이 도착했다. 현지 건설회사에서 보내준 버스였다. 승무원들은 우선 건설회사의 직원 숙소로 갔다가 이틀 후 병원으로 옮겨졌다.

흡사 야전병원 같은 광경이었다. 생존한 부상자들로 병원은 이미 만원이었다. 우리는 간이침대에 급히 구한 듯한 담요 한 장을 덮고 아무것도 먹지 못한 채 하루 동안 누워만 있었다. 의사는 이튿날에야 와서 이름을 확인하고 아픈 곳을 물었다. 허리와 다리가 욱신거렸지만 몸을 만져본 그는 "노 프라블럼"이라고 말할 뿐이었다.

사고난 지 나흘, 혹은 닷새째. 며칠이 지났는지 기억나지 않는 상태에서 서울행 비행기를 탔다. 환자용 침대와 링거 병들……. 기내는 마치 중환자실 같았다. 누구도 입을 여는 사람 없이, 침묵 속에 침통한 분위기가 감돌고 있었다. 승무원들은 모두 남자들로 이루어져 있었다. 우리를 보는 순간 아무 말도 못하고 손을 잡아주며 눈시울을 붉히던 그들.

아침 9시부터 탑승이 시작되었지만 여기저기 분산되어 있는 환자들을 모두 데려오느라 밤 10시가 되어서야 출발할 수 있었다. 이륙 전, 기내에 당시 회장님(선대 조중훈 회장)의 침통한 음성이 흘러나왔다.

"얼마나 놀라셨습니까? 사고 이후 지난 며칠 동안 얼마나 외로우셨습니까?"

여기저기서 흐느낌이 들려오기 시작했다.

"이제 여러분은 사랑하는 가족이 있는 대한민국으로 돌아가시게 됩니다. 저희 회사는 물론 대한민국 국민 모두가 여러분을 기다리고 있습니다. 이제 그리던 가족 곁으로, 우리의 고국으로 돌아가십시다. 여러분이 정상 회복할 때까지 저희 회사는 모든 노력을 아끼지 않을 것입니다. 책임자로서, 책임을 통감하면서 머리 숙여 깊이 사죄합니다. 가시는 동안만이라도 부디 마음 편안히 가지시고 안녕히 도착하시기

여자로 태어나 대기업에서 별 따기

바랍니다."

충격과 고통, 외로움 속에 내팽개쳐졌던 우리의 마음을 따뜻하게 어루만지는 위로의 목소리였다.

그날 아침부터 비행기 안에서 열두 시간 넘게 기다리다가 이제 돌아가는 것이다. 허리가 너무 아팠다. 출입문이 닫히고 있었다. 그 순간 리비아의 출입국 관리가 급히 달려와 문 닫는 것을 제지했다. 책임자 한 명은 남아야 한다는 것이었다. 앞에서 세 번째 열에 앉아 있던 나는 문밖의 상황을 엿들을 수 있었다. 회사 관계자는 모두 부상자라 남아 있기 어렵다며 사정했지만 출입국 관리는 그렇다면 출발할 수 없다고 대답할 뿐이었다.

결국 내가 남기로 했다. 어렵게 온 특별기였기 때문에 언제 돌아갈 수 있을지 몰랐지만, 나는 사고기의 사무장이었다. 나는 휠체어로 옮겨 타고 관리를 따라갔다. 다리가 욱신거리면서도 감각이 마비된 것 같아 걸을 수가 없었다.

출입국 관리는 내가 사전에 사고를 인지했는지, 다음에 부르면 리비아에 와서 법정에 설 수 있는지 등을 계속 질문했다. 그러다가 생각이 바뀌었는지 돌아가도 좋다고 했다. 비행기는 이륙하지 않고 나를 기다리고 있었다. 그러나 나 대신 서울에서 온 남자 승무원이 내려야 했다. 마치 볼모처럼. 그를 남겨두고 비행기는 이륙했다. 조용히 움직이며 환자를 돌보는 의사와 간호사들 외에 아무도 입을 열지 않았다. 침통했다. 이렇게 다시 승객들을 만난 나는 괴로웠다. 승객의 안전을 책임져야 하는 승무원들 모두 가시방석에 앉은 기분이었으리라. 그렇게 열다섯 시간을 날아 우리는 마침내 서울에 도착했다. 드디어 착륙. 문이 열리자마자 취재진들이 구름처럼 몰려왔다.

"사무장, 사무장! 어디 있어요?"

"사고 때 상황을 말씀해주시죠!"

일제히 터지는 카메라 플래시가 눈앞을 가렸다. 누군가 재빠르게 휠체어를 밀어주어 나는 밀려드는 인파를 피해 터미널 뒤쪽으로 빠져나갈 수 있었다.

주기장 옆에는 앰뷸런스 수십 대가 일렬로 서서 우리를 기다리고 있었다. 앰뷸런스로 옮겨졌지만 어디로 가는지 알고 싶지도 않았고 물어볼 기운도 없었다. 차창으로 달빛이 스며들었다. 처참했던 광경들이 되살아나면서 한여름인데도 불구하고 으슬으슬 몸이 추워왔다. 병원에 도착하자 역시 취재진과 환자 가족들이 장사진을 이루고 있었다. 그들은 문이 열리자마자 달려들며 목 놓아 울었다. 바퀴 달린 침대에 실려 병실로 옮겨질 때 같이 달려오며 내 이름을 부르는 언니의 목소리가 들렸다.

"택금아, 살아 있었구나. 살아 돌아왔구나."

나보다 더 초췌한 모습으로 기진맥진한 언니를 보자 왈칵 눈물이 쏟아졌다. 비로소 내가 살아 있음을 느꼈다. 그렇다. 나는 살았다. 아무도 죽고 싶지 않았겠지만 어떤 사람은 죽었고 어떤 사람은 살아났다. 그것은 운명이었다. 삶과 죽음이란 신의 영역이었다. 신은 왜 나를 살아 있게 한 것일까. 돈을 벌기 위해 멀고 낯선 나라로 떠났던 그들의 생명은 왜 앗아간 걸까. 그분들을 생각하면 살아 있음을 다행으로 느끼는 스스로가 죄스러웠다.

병실로 옮겨졌지만 밀려드는 기자들 때문에 며칠을 시달려야 했다.

여자로 태어나 대기업에서 별 따기

허리에 추를 매달고 꼼짝도 할 수 없는 상태에서 사고 상황을 구술로 리포트하고, 기자들의 똑같은 질문에 같은 대답을 반복해야 했다. 사고, 잊고 싶었지만 잊을 수가 없었다. 머리로는 푹 자고 싶다는 생각이 간절했지만 잠이 오지 않았다. 잠깐 잠이 든다 해도 악몽 때문에 몸부림치다 깨어나기 일쑤였다. 수면제 기운으로 네댓 시간 자고 일어난 때였다. 어떤 분이 나를 찾아왔다.

"왜 내 딸은 안 데려왔어! 왜 내 딸을 죽였니?"

희생된 세 명의 승무원 중 한 사람의 어머니였다. 바닥에 주저앉아 통곡하는 그분에게 나는 아무런 말도 할 수 없었다. 그저 잘못했다고 빌고 또 빌 뿐. 간호사와 회사 관계자들이 말리고 사정했지만 어떻게 해도 유가족의 슬픔을 위로할 수는 없었다.

그날 이후 병실 앞에는 더 많은 인원이 배치되어 밀려드는 사람들을 돌려보내느라 애를 먹었다. 그래도 역부족이었다. 잠을 자고 싶었고 사고 순간을 잊고 싶었고 유가족을 대할 두려움에서 벗어나고 싶었다. 그러나 이 모든 고통은 살아 있기 때문에 치러야 할 당연한 대가였다. 어쨌든 나는 살아 있었다.

퇴원 후에도 몇 달 동안 자리에서 일어나지 못했다. 사고가 난 순간의 극심한 공포감, 끔찍하게 널브러진 시체들, 흉물로 변해버린 기체, 유가족의 통곡……. 그 모든 것들이 환영과 악몽으로 나타나 수면제로도 잠이 오지 않았다. 음식도 넘어가지 않아 몸무게는 43킬로그램까지 줄었다. 기운이 없어서 일어날 수 없었고 방 안에서 조금 걷다가도 다리가 휘청거려 주저앉곤 했다. 병문안 온 동료들은 어서 일어나 다시 일해야 하지 않겠냐고 위로했지만 더 이상 이 일을 계속할 수 없을 것 같았다. 비행기라면 소름이 끼칠 만큼 무섭고 싫었다.

그렇게 몇 달이 흘렀다. 물리치료를 받으러 겨우 다닐 뿐 나는 여전히 거동을 못하고 있었다. 꽃을 들고 동료가 찾아왔다. 내가 더 이상 비행기는 탈 수 없겠다고 하자, 모두들 완쾌를 기원하며 복귀를 기다리고 있다는 말과 함께 이렇게 말했다.

"운전하면 크고 작은 교통사고 한두 번은 나게 마련이야. 그때 참 무섭지. 한동안은 운전도 못한다니까. 하지만 시간이 지나면 다시 운전대를 잡게 돼. 평생 차를 안 탈 순 없으니까. 이택금 씨, 평생 비행기 안 탈 작정이야? 늙어서 세계 여행 다니고 싶다면서. 지금 돌아가지 않으면 정말로 영영 비행기를 못 타게 될지도 몰라."

그동안 숱한 위로와 격려의 말을 들었지만 그 마음이 고마울 뿐 마음에 와닿아 힘이 되는 말은 없었다. 내가 겪은 고통에 비하면 어떤 말도 위로가 안 되었던 것이다. 그러나 영영 비행기를 못 타게 될지도 모른다는 말에 나는 용기가 났다. 평생 '비행기 공포증'에 시달릴 순 없었다. 어떻게든 힘든 기억을 잊고 다시 시작해야 했다.

매일 수영장을 다니며 물 속에서 걷는 연습을 하고, 의사의 권유로 밤이면 고냑 한두 잔씩을 마셨다. 수면제보다 잘 들었다. 8개월 후, 나는 직장에 복귀했다. 사고를 당한 승무원 가운데 가장 빠른 복귀였다. 그들은 그후 차례차례 회사를 그만두었고 나는 그들을 충분히 이해했다. 동료들은 아무도 사고에 대해서 묻지 않았다. 내 앞에서 사고에 대해 말하는 것은 일종의 금기처럼 보였다. 어서 잊으라는 배려였으리라.

동료들의 따뜻한 배려 속에서 나는 다시 비행기를 탈 수 있었다. 한국-일본 간 짧은 노선이었다. 비행기가 뜨기 전부터 긴장했지만 착륙

할 때는 턱이 덜덜 떨려 입이 다물어지지 않을 정도였다. 기류 때문에 기체가 흔들렸던 것이다. 이륙 3분, 착륙 8분이 가장 위험한 시간이긴 해도 다른 때 같으면 아무렇지도 않을 진동이었다. 근무를 어떻게 마치고 집으로 돌아왔는지 하나도 생각나지 않았다. 돌아와서는 호된 몸살을 앓았다. 그 정도로 공포를 느끼리라고는 생각지 못했기 때문에 다시금 자신이 없어졌다. 내가 계속 비행기를 탈 수 있을까. 나는 나를 설득하기 시작했다. 마치 친구에게 말하듯이.

'넌 벌써 한 번 탔잖아. 다시는 비행기를 탈 엄두도 못 냈던 네가 이미 이렇게 탔잖아. 아무 말도 귀에 들어오지 않던 네가 동료의 충고를 받아들이고, 몸을 추스르고, 걷는 연습을 하고 그래서 이렇게 걸을 수 있게 됐잖아. 다시 일을 할 수 있게 되었잖아. 사고 났을 때를 생각해봐. 상상이나 했었니?'

두려움이 서서히 옅어지고 있었다. 그러나 나는 10년이란 세월 동안 두려움과 싸워야 했다. 날씨가 궂으면 다친 곳이 욱신욱신 쑤셨고 악몽도 사라지지 않았다. 10년이 지나서야 비로소 안심하고 비행기를 탈수 있었다. 우선 사고 이후 회사가 더욱 안전성을 추구해가고 있었다. 보다 안전이 우수한 기종으로 비행기가 교체되고, 교육도 더 철저해졌으며, 안전 시스템도 확립하고 있었다. 그런 모습을 눈으로 보면서 차츰 불안감이 줄어들었다.

무엇보다 나는 나 자신을 설득하는 데 힘썼다. 직장생활에서 가장 큰 위기였던 그때, 동료들의 배려와 나 자신의 의지가 아니었던들 지금의 내가 있었을까. 다른 사람을 설득하기보다 스스로를 설득하는 일이 더 어렵다. 나는 나를 속이기 힘들기 때문이다. 아무리 "다 잘될 거야, 문제없어!"라고 외쳐도 마음 깊은 곳에서는 불가능한 일이라고 믿고 있다. 이럴 때는 무작정 낙관할 게 아니라 남을 설득할 때처럼 근거를 들어 성공을 확신해야 한다.

그대, 스스로를 설득하라.

TIP For Success

자기 설득은 좋은 위기관리법이다. 위기가 닥치면 두렵게 마련이다. 두려울 때 현실을 부정하는 것만큼 편한 방법도 없다. 그러나 명심하자. 부정해도 현실은 그대로라는 것을. 결국 나 자신을 변화시키는 길밖에 없다.

여자로 태어나 대기업에서 별 따기

보고는 간단
명료하게 하라

31

내 별명은 '총알'이다. 뒤에 있는 승무원이 나를 찾으려고 앞으로 가면 그 사이 나는 벌써 뒤에 가 있고, 앞에 있던 승무원이 다시 나를 찾으려고 뒤로 가면 어느새 또 앞에 가 있곤 하니, 그런 별명이 붙은 것이다. 승무원들과 같이 걸을 때도 다른 승무원들은 꼭 뛰어오게 된다. 걸음도 빠르지만 서빙도 빠르게 한다. 나야말로 한국인의 특성이라는 '빨리빨리'가 몸에 밴 전형적인 예다. 직장 일이 아니어도 나는 무엇이든 서둘러 끝내곤 하는데, 이게 다 시간이 아까워서 생긴 습관이다.

비행 전날은 빨리 잠을 청해서 휴식을 취해야 한다는 압박감 때문에 외출하지 않았고, 쇼핑을 해도 여유롭게 백화점을 둘러보거나 아이쇼핑을 한 적도 없다. 살 것만 사 가지고 나왔다. 아무개 비누, 아무개 화장품 하는 식으로 아주 구체적인 쇼핑 목록을 작성해 간 까닭이다.

밖에 나가면 빨리 집에 가서 쉬어야 한다는 생각뿐이었다. 허비하는 시간을 그렇게 아까워하면서도 약속 시간에는 언제나 10분 먼저 나가 상대방을 기다렸다. 사실은 그게 시간을 아끼는 방법이기 때문이다.

'빨리빨리'란 '대충대충'이 아니라 '요점만 간단히' 혹은 '핵심을 정확히'다. 보고를 받을 때나 보고서를 읽을 때도 시간을 낭비하고 있는 예를 흔히 접할 수 있다. 보고는 간단명료해야 한다. 상사의 입에서 "그래서?"라는 말이 나오면 서론이 길고 내용이 장황하다는 의미다. "그래서?"라는 말을 듣지 않도록 한다.

서론은 생략하거나 짧게 말하고 결론부터 말해야 한다. 메시지를 전달하고 이해하는 시간, 즉 말하는 사람과 듣는 사람의 시간 모두를 절약하는 방법이다. 특히 여성들은 서론을 길게 늘어놓는 경향이 있다. 독단적으로 보이지 않기 위해서다. 그러나 말을 적게 할수록 메시지는 분명해지며 보다 설득력을 갖게 된다.

시시콜콜 쓸데없는 말을 늘어놓는 사람도 있다. 길게 부연 설명을 하는 것이다. 그러지 않으려면 결론을 먼저 말하고, 말하기 전에 생각을 정리하면 된다. 내 이야기의 주제는 무엇인지, 보고 사항의 요점은 무엇인지 체크한다.

보고할 때, 전달하려는 내용을 추측이나 질문 형식으로 말하는 것도 좋지 않다. 확신할 수 없어서라면 그 이유부터 말하라. 요점만 간단히 이야기하고 근거는 두세 가지만 덧붙여라. 분명한 단어를 쓰고 너무 빨리 혹은 너무 느리게 말하지 말라.

"~같아요" "~하지 않을까요?" 같은 말도 여성들이 흔히 쓰는 부적절한 표현이다. 어린아이 같은 목소리를 내거나 수줍어하는 태도로 말하는 것도 좋지 않다. 추측이나 질문 형식으로 자신의 의견을 말하는 것은 자신감이 결여되어 보이고 책임을 회피하려는 듯이 보인다. 따라서 "~라고 생각합니다" "~하면 좋겠습니다"라고 말하라.

여자로 태어나 대기업에서 별 따기

보고서를 작성할 때도 마찬가지다. 긴 보고서는 읽기가 싫다. 서론, 본론, 결론 순서로 쓰되 간단한 문장이어야 한다. 애매한 수식어나 미사여구는 필요하지 않다. 너저분한 서술은 보고서가 아니다. 육하원칙에 의거해 쓰되 누가 보더라도 내용을 잘 파악할 수 있어야 한다. 또한 개인적인 감정은 쓰지 말라. '안타까웠다' '어쩔 수 없었다' 처럼 감정이 들어간 보고서는 신뢰가 가지 않는다.

기획안을 쓸 때는 형식이 아니라 내용에 중점을 둔다. 완벽한 기획안을 쓰려고 너무 신경쓴 나머지 지나치게 형식에 얽매이는 사람이 있다. 이런 기획안은 무슨 내용인지 알 수 없이 길기만 하다.

사업 계획서라면, 다음과 같은 사항이 반드시 들어가야 한다. 명확한 비전, 구체적인 시장전략과 상품전략, 자금 계획, 효율적인 실무 가능성이 그것이다. 구체적이고 명확하되 형식적으로 완벽하거나 분량이 많을 필요는 없다. 평소 아이디어 제안서를 많이 쓰면 좋은 보고서 쓰는 연습이 될 것이다.

구두로든 문서로든 보고를 할 때는 전달하려는 내용을 구체적이면서도 간단명료하게 표현해야 한다. 또한 아무리 일을 잘해도 표현을 잘하지 않으면 남들이 알아주지 않는다.

자신 있는 사람은 긴 말 하지 않는다.

숙달하려면
연습하라

32

천부적인 재능을 타고나지 않았다면, 숙달되도록 연습하지 않고 훈련하지 않는 한 잘할 수 없다. 처음 이사회에 참석하게 된 무렵이었다. 이사회에서의 첫 브리핑을 위해 나는 밤을 꼬박 새워 준비를 했다. 우선 회의 전반 사항을 훑어보고, 포인트를 확실하게 잡아내야 했다. 회의의 요점을 파악한 다음에는 내가 브리핑할 내용을 문서화했다. 그리고 소리 내어 읽어보았다. 몇 번 읽어본 다음에는 내용을 암기해 자연스럽게 말해보았다. 얼추 만족스러웠다. 하지만 좀 불안해서 내 목소리를 녹음해 들어보았다.

그동안 기내 안내방송을 숱하게 한 실력인데도 녹음된 내 목소리를 들어보니 얼굴이 붉어졌다. 속도는 너무 빨랐고 억양은 너무 높았으며 목소리는 너무 작았다. 이미 글로 써본 것이지만 내용도 두서없이 장황하기만 했다. 이럴 수가. 나는 쟁쟁한 임원들이 회의에서 말하는 태도를 머릿속에 떠올려보았다. 그들은 하나같이 듣기 좋은 음성을 가지고 있었다. 타고난 목소리가 좋아서가 아니라 말하는 태도를 비롯해 억양과 목소리의 크기, 속도 모든 것이 조화를 이뤄낸 결과라는 사실

여자로 태어나 대기업에서 별 따기

을 깨달았다.

나는 다시 내 목소리를 녹음해 들어보았다. 그렇게 수십 번을 되풀이한 다음에야 겨우 스스로 얼굴을 붉히지 않을 만한 목소리가 나왔다. 그러는 사이 날은 이미 환하게 밝아 왔다. 드디어 상사에게 브리핑하는 순간, 입을 열기도 전에 다리가 후들거렸다. 떨리는 목소리가 나오지 않게 하려고 애쓰면서 나는 밤새 준비한 대로 브리핑을 했다. 결과는 그럭저럭 성공이었다. 임원들의 말일수록 모든 사람이 집중하게 마련이고, 그 밑의 자리에 있는 사람의 말은 덜 집중하게 된다. 그러나 내 말에는 집중하는 분위기였다.

첫 브리핑 이후에도 한동안은 계속 연습을 했다. 브리핑 내용을 글로 정리하고, 암기하고, 말하고, 녹음하고, 듣고……. 제대로 될 때까지 그 과정을 반복했다.

말하는 방법을 고치기 위해서는 자기 목소리를 녹음해 들어보는 것만큼 좋은 방법도 없다. 대부분 자신의 목소리를 들으면 "저렇게 바보같이 말하는 사람이 바로 나란 말이지!" 하고 부끄러워지게 마련이다. 우선 내 목소리가 아닌 듯 생소하고, 객관적으로 듣게 되니 말하는 순간에는 느끼지 못했던 온갖 단점들이 쏙쏙 귀에 들어온다. 이렇게 하지 않으면 평소 자신이 얼마나 잘못 말하고 있는지 잘 모른다.

노래 실력도 나는 연습으로 키웠다. 1990년대 들어 노래방이 생기고 어느덧 회식의 필수 코스가 되면서 노래할 일이 잦아졌다. 지금은 내가 안 끼면 노래방에 가지 않는다는 말이 나올 정도로 '한 노래' 하게 되었지만, 나도 처음부터 대한항공 가수는 아니었다. 흘러간 노래, 랩, 발라드, 팝송 등 레퍼토리도 20~30가지는 되는데 그 비결도 역시 연습에 있다.

우선 출퇴근 시간을 이용해 좋아하는 가수의 노래를 듣는 것이다. 저 부분에서는 이렇게 꺾는구나, 고음 처리는 저렇게 하는구나, 감정 표현을 위해 이 부분에 악센트를 주는구나……. 그렇게 늘 듣다 보면 어느새 그 노래는 나의 것이 되어 있곤 했다. 그리고 브리핑을 준비할 때처럼 내 노래를 녹음해 들어본다. 영 아니라면 다시 시작하는 것이다. 듣고, 부르고, 녹음하고. 또 듣고, 부르고, 녹음하고.

중요한 것은 내가 선택한 가수와 똑같이 하려고 노력하는 일이다. 곡은 물론 내가 가장 잘할 수 있는 것이어야 한다. 연습하다 보면 가능해지지만 처음부터 너무 높은 음역대의 노래나 무슨 말인지도 모를 랩을 선택하면 재미가 없기 때문이다. 그렇게 매일 듣고 따라 부르다 보면 어느 순간 자신감이 붙는다. 무슨 일이든 자신감이 있어야 잘 극복할 수 있듯 노래도 자신감이 붙어야 잘 부르게 된다. 그러다 보면 그 가수와 똑같아질 뿐 아니라 결국은 내가 더 잘하게 된다. 나만의 스타일이 첨가되기 때문이다. 지금도 나는 '멍에'를 김수희보다 더 잘 부른다고 자부한다. 김수희보다 더 잘 꺾고 더 애절한 목소리로.

노래방에서도 노래 잘하는 요령이 있다. 처음에는 누구나 잘 부를 수 있는 무난한 곡을 선택해 목을 풀어준다. 그렇게 워밍업으로 몇 곡 부르고 난 후 본격적으로 비장의 무기를 꺼내는 것이다. 목이 트이고 난 다음에는 높이 올라가는 곡도 쉽게 부를 수 있다. 그 전에는 실패한다. 이것도 연습하면서 생긴 노하우다. 비단 노래뿐이랴. 무슨 일이든 마찬가지다. 처음부터 어려운 일을 하면 실패하기 쉽다. 역량이 되는 일부터 시작해 차츰 높은 수준의 일을 해야 성공할 가능성이 높아진다.

여자로 태어나 대기업에서 별 따기

이런 방법들은 업무를 숙달하거나 역할 모델을 본받아가는 과정에 유용하게 쓰일 수 있다. 즉, 1단계는 보고 듣는 것이다. 2단계는 그대로 따라하는 것이고 3단계는 피드백, 4단계는 재창조로 나만의 것을 만드는 일이다.

타고난 가수들도 매일 노래 부르는 연습을 하고, 작가도 꾸준히 글을 쓰지 않으면 필력이 떨어진다. 운동선수들의 주요 일과는 훈련이며, 살림도 매일 하지 않으면 잊어버린다. 피아노를 잘 치기 위해 손가락을 늘리는 수술까지 하고도 주부로 십수 년을 사는 동안 피아노 치는 법을 잊어버린 사람 이야기를 들은 적이 있다. 연습이란 그만큼 결정적이다.

연습은 아마추어이든 프로이든 누구에게나 필요한 것이다. 성공하려면 연습이 필요하다.

TIP For Success

경험이 중요한 것은 연습이 되기 때문이다. 경험을 쌓고 노하우를 얻고 싶다면 끊임없이 연습하라.

아이디어를
많이 내라

33

아이디어가 많은 사람들은 일에 관심이 있고 적극적이며 일 속으로 뛰어드는 사람들이다. 그런 몇 사람들에 의해서 일하는 환경이 좋아진다. 만약 좋은 아이디어가 떠올랐다면 남들이 내 아이디어를 어떻게 생각할까 걱정하지 말고 그대로 밀고 나가야 한다. 제안이 받아들여지지 않는다 해도, 제안을 했다는 사실만으로 좋은 평가를 받을 수 있다.

요즘은 오븐을 열 때 사용하는 두꺼운 석면장갑이 갤리에 비치되어 있다. 그러나 전에는 석면장갑이 없어 오븐에 손을 데는 스튜어디스들이 허다했다. 게다가 그때는 오븐의 온도도 일정하지 않고 들쭉날쭉해 예측할 수가 없었다. 갤리에 석면장갑을 넣어달라고 제안한 스튜어디스가 없었다면 오븐에 덴 손으로 일하느라 쩔쩔매는 승무원들이 오랫동안 사라지지 않았을 것이다.

전에는 착륙 전 기내에서 입국카드를 쓸 때 볼펜을 빌려달라는 승객들이 매우 많았다. 그러나 되돌려받는 경우는 거의 없어서 승무원들은 수십 개씩 볼펜을 준비해도 늘 그만큼 잃어버리기 일쑤였다. 비행기에

여자로 태어나 대기업에서 별 따기

승객이 사용할 수 있는 볼펜이 실리기 시작한 것은 어느 스튜어디스의 제안이 있고부터였다. 승객들은 볼펜이 없어도 승무원들에게 빌려달라는 말을 하지 않아도 되었고 승무원들도 매번 볼펜을 잃어버려 새로 마련해야 하는 번거로움이 사라졌다.

기내 식사가 나올 때는 곤히 잠들어 있는 승객을 깨우게 된다. 이럴 때 어떤 손님들은 깨우지 말라고 짜증을 내기도 한다. 이 문제를 고민하던 어느 스튜어디스가 좋은 아이디어를 하나 냈다. 승객이 볼 수 있도록 앞좌석의 등에 스티커를 붙이는 방법이었다. 스티커에는 '주무시고 계셔서 서비스하지 못했습니다. 일어나시면 불러주세요' 라는 글씨가 인쇄되어 있다.

커피와 크림과 설탕, 찻잔과 티스푼을 함께 정리해두는 머들러 박스도 한 스튜어디스의 제안으로 마련되었다. 그 머들러 박스 하나로 커피에 딸려나가는 것들을 찾고 정리하는 데 들이는 시간을 줄일 수 있었다. 그것 하나만 들면 되었다.

아주 작은 아이디어가 일의 생산성을 높인다. 그렇기 때문에 좋은 아이디어를 많이 낸 사람은 인정받고 포상도 받는다. 그러나 아이디어가 떠올라도 좋은 생각이라고 평가받을지, 실제로 반영될지 몰라 자신의 머릿속에만 가둬두는 경우가 많다. 약간의 용기만 내면 빛을 보았을 아이디어가 사장되고 마는 것이다.

또한 기획안을 쓸 때만 아이디어를 낼 것이 아니라 보통 업무에서도 늘 아이디어를 내는 습관을 들여야 한다. 일 잘하는 사람은 그동안 해왔던 방식의 익숙함을 포기하고 더 나은 방법을 찾아 모험하기를 두려워하지 않는다. 약간만 수정하면 훨씬 나은 업무 환경을 만들 수 있지만 귀찮아서, 혹은 제안이 받아들여져 현실화되지 않을 것 같아서 포기되는 아이디어가 우리 주위에 얼마나 많은가.

팀 안에서 조화를 이루기 위해, 지금까지 해왔던 방식에 문제가 있음을 깨닫고도 이의를 제기하지 않기도 한다. 고객에게도 마찬가지다. 고객이 받아들이지 않을 거라고 지레짐작해 좋은 상품을 추천하지 않는 사람도 있다. 실제로는 그 고객에게 딱 맞는 상품일지라도 말이다.

아이디어 내기를 두려워하지 말아야 한다. 그것이 아무리 엉뚱한 생각이라도 가치가 있고, 혁신적인 생각일 수 있다. 반대에 부딪힌다면 수정안을 타협해보고 그래도 안 된다면 내가 새로운 생각을 해냈다는 것으로 만족하면 된다.

- 모든 아이디어란 불편하다. 낯설기 때문이다. 그러나 새로운 것을 두려워하는 한 발전은 없다.
- 모든 아이디어에는 거쳐야 할 터널이 있고, 그 터널만 지나면 새로운 경지가 펼쳐진다.

여자로 태어나 대기업에서 별 따기

여자가 일 잘하는
7가지 방법

우유부단한 상사보다는
독단적인 상사가 낫다

34

퇴직하면 아무도 없는 산속에 들어가 살고 싶은 생각이 들 때가 있다. 보는 사람 없으니 마음대로 뒹굴고 풀어져서 엉망으로 다니고 싶은 것이다. 연예인도 아닌데 슬리퍼 끌고 슈퍼 가는 게 소원이라면 사람들은 웃겠지만 내가 스스로 굴레를 만들어버렸다. 우리 회사의 남녀 승무원이 4,500명쯤 되니까 어느 동네에 가도 다 승무원들이 있다. 호텔에 가도 있고 찻집에 가도 있고 나이트클럽에서 만나기도 한다. 나는 모르는데 와서 인사를 한다.

"어머, 상무님! 여긴 어쩐 일이세요? 누구하고 오셨어요?"

근무 시간은 끝났지만 아지도 회사에 있는 것 같다. 여름에도 반바지에 운동화 차림으로 집밖을 나가본 적이 없다.

부장 시절, 상무가 부하직원 문제로 나와 의논을 하고 싶어했다. 전화를 몇 번 했지만 연결이 안 되자 그가 저녁을 사겠으니 상담을 해달라고 했다. 호텔 레스토랑에서 만나 함께 식사를 하는데 젊은 여성이 다가와서 인사를 했다. 우리 스튜어디스인 모양이었다. 자리로 돌아가서도 그녀가 자꾸 힐끔힐끔 쳐다보니까 상무는 미안해했다. 마치 회사

여자로 태어나 대기업에서 별 따기

밖에서 상사한테 아부하는 걸로 보여지는 느낌이었다.

내가 호텔 커피숍에서 누구를 만났고, 같이 나갔는데, 어둠이 몰려오는 시각이었다면 그 이튿날 벌써 소문이 퍼져 있다. 특히 남자들은 금방 안다.

"좋은 일이 있으셨다죠?"

"내가 생각 없이 그런 데서 좋은 일 만들겠어."

농담처럼 받아쳤지만 쓸데없는 오해를 만들지 않으려면 회사 밖에서도 긴장을 풀지 말아야겠다는 생각이 들었다. 그런 일은 아주 많다. 그래서 우리 임원들은 나하고 일대일로 만나지 않는다는 걸 철칙으로 했다. 집이 같은 방향이라도 차를 태워주지 않았다.

아무도 내게 요구한 적은 없지만 스스로 나를 얽어매게 된다. 업무 외적인 부분에서도 존경받지 않으면 안 되기 때문이다. 모범을 보이고 솔선수범하지 않으면 리더십을 발휘하기 어렵다.

내가 대충하면 같이 일하는 사람도 대충하고 어려운 일은 하지 않으려고 든다. 작은 예로, 스튜어디스는 기내에서 하이힐을 신지 못하도록 되어 있는데 하이힐을 신고 있는 스튜어디스가 있었다.

"왜 그런 신발을 신었어요?"

"아, 이거요. 사무장님이 신고 계시기에 저도 그냥 신은 거예요."

나는 발을 내려다보았다. 아뿔싸, 깜박 잊고 구두를 갈아 신지 못한 게 아닌가.

머리 손질하는 시간을 절약하기 위해 나는 오래전부터 짧은 커트 머리를 해왔다. 그런데 스튜어디스들이 나와 같은 머리 모양을 하고 싶어했다. 어느 미용실에서 머리를 하는지, 또 옷은 어디서 구입하고 화장품은 어떤 제품을 쓰는지 시시콜콜 물어보기도 했다. 이런 예는 수 없이 많다.

존경받는 상사가 하는 일은 어느새 표준이 되고, 그 이후부터 부하 직원 다루기는 훨씬 쉬워진다. 나와 함께 비행하는 승무원들은 하나같이 일을 철저하게 잘한다. 나이도 들었고 임원도 되었으니 쉬엄쉬엄 편히 가고 싶지만 본보기가 되기 위해 나는 발목이 시큰거리도록 일한다. 그 편이 제대로 하지 않는 부하를 다그치거나 구슬리는 일보다 훨씬 수월하다.

과장 시절이었다. 사내에 '영어 급수'라는 게 있는데 어느 날 행정직, 승무직 할 것 없이 3급 이상의 영어 자격을 따라는 지시가 내려졌다. 앞으로 2년 안에 자격을 갖추지 못하면 불이익을 받게 된다고 했다. 3급도 전 직원의 10퍼센트밖에 안 되던 시절이었다. 과장으로서 스튜어디스들에게 지시를 따르도록 독려해야 하는 입장이었기에, 나부터 어서 자격을 따야 했다. 자격도 못 갖춘 내가 아랫사람에게 어떻게 자격을 가지라는 말을 당당히 할 수 있을까. 그날부터 교육원에서 배포한 2급 시험용 테이프 열 개와 두꺼운 독해 교재를 붙들고 씨름하기 시작했다.

자정에야 귀가하는 생활 속에서 영어공부 하느라고 머리가 셀 지경이었다. 출퇴근 시간에 운전하면서 테이프를 들었는데, 못 알아듣는 영어 듣는 것만큼 머리 아픈 일도 없다는 걸 그때 알았다. 그래도 테이프 한 개에서 한 단어만 알아들을 수 있어도 성공이라고 생각하고 열심히 들었다. 시험은 몇 달간 계속되었다. 필기 테스트, 말하기 테스트, 듣기 테스트. 결국 나는 과장 중에 제일 먼저 2급을 땄다. 그리고

　　　　　　　　여자로 태어나 대기업에서 별 따기

스튜어디스들에게 어서 2급 자격을 따라고 부끄러움 없이 요구할 수 있었다.

부하직원에게 100퍼센트 만족하는 상사는 없다. 나 역시 그렇다. 스튜어디스들에게서 젊을 때의 내 모습을 발견할 때가 있다. 젊은 날의 내 서비스는 기계적인 행동이었지 진정한 배려가 아니었다. 주변의 부러운 시선을 의식하면서 마치 스타라도 된 양 교만했다. 서비스를 하면서도 냉정했고 스스로를 낮추는 법을 알지 못했다. 요즘 젊은 승무원들을 볼 때면 조금만 더 따뜻하게 손님을 대했으면 하는 생각이 들곤 한다. 그들을 가르치는 방법은 내가 행동으로 보여주는 수밖에 없다. 승객들이 나를 반겨주고 내 서비스가 좋다며 만족하면 내게 큰 보람이 되는 것은 물론 다른 스튜어디스들에게도 고무적인 일이 되고 좋은 본보기가 된다.

또한 리더는 자신의 성향을 드러내야 한다. 어떻게 일을 처리해야 리더가 좋아하는지 어떻게 하면 리더가 싫어하는지 팀원들은 정확히 알고 있어야 하며 그것을 알려주는 건 리더의 몫이다. 대부분의 부하직원들은 상사의 취향을 금세 파악한다. 따라서 단호한 원칙을 가져야 한다.

나는 "든든하다" "무섭다" "카리스마가 있다"는 말을 많이 듣는다. 때로는 친구처럼 어울리고 이야기도 들어주어야 하지만 결코 그들이 나를 친구처럼 생각하게 해서는 안 된다. 우유부단한 상사보다는 독선적인 상사가 낫다. 독선도 일을 잘하려는 의도에서 기인하는 것이다. 원칙 없이 우유부단한 상사는 피곤하다.

내가 하는 모든 일이 표준이 되게 하라. 솔선수범하라. 모범을 보여

라. 그것이 부하직원을 잘 다스리는 비법이다.

- 부하직원의 능력을 신뢰하라. 그가 일을 잘 못하는 것은 리더인 당신의 책임이다.
- 정확히 지시하라. 지시할 때는 이해하기 쉽게 말하라. 왜 그 일을 해야 하는지(목적), 가장 중점을 둘 요소는 무엇인지(핵심), 어떻게 해야 하는지(방법), 어떤 문제가 생길 수 있는지(위험) 알려주라. 그래야 지시를 제대로 이해하고 일을 잘할 수 있다.

여자로 태어나 대기업에서 별 따기

부하직원을
잘 다스려라

35

처음 사무장이 되었을 때, 지시를 따르지 않는 스튜어드들 때문에 애를 많이 먹었다. 그 당시만 해도 여자 상사 밑에서 일해본 적이 없는 그들은 상사가 여자라는 사실 자체를 받아들이지 못했던 듯하다. 무얼 지시해도 못 들은 체하거나 분명히 말했는데도 나중에 보면 해놓지 않은 일들이 허다했다. 속이 말할 수 없이 들끓었지만 정면에서 한 마디 하기보다는 참는 경우가 더 많았다. 그때만 해도 난 내가 이렇게 회사에 오래 남아 있을 줄 몰랐다. 다른 스튜어디스들처럼 조만간 결혼한 뒤, 직장을 그만두고 살림하며 편하게 살 줄 알았던 것이다.

'그래. 내가 회사를 다녀봐야 얼마나 다니겠어. 그들은 나보다 오래 다닐 사람들인데 내가 참자.'

세상이 달라졌다고는 하지만 나는 지금도 이런 경향이 없지 않다고 보는데, 여자들은 결혼이라는 일종의 피난처 혹은 최후의 보루를 갖고 직장생활을 하는 듯하다. 과거에는 그 정도가 더해서 여자들의 마음속에는 알게 모르게 '결혼하면 그만둘 건데'라는 생각이 깔려 있었다.

여자들은 스스로를 임시직원처럼 생각했던 것이다. 그리고 나 역시 다르지 않았다.

그러나 남승무원들의 태도를 보면서 이건 아니다 싶었다. 승무원들의 선후배 관계는 엄격하기로 유명하고 한 기수 차이라도 상명하복의 원칙이 지켜진다. 군대만큼이나 엄격한 규칙이다. 위계질서에 따라 하나가 되어 일사불란하게 움직여야 승객의 안전과 쾌적한 여행을 책임질 수 있다.

개인적인 친분 이전에 상하관계에 따라 움직이는 조직임에도 불구하고 내가 여자라는 이유로 통상적인 룰에서도 무시당하고 있었다. 그만둘 때 그만두더라도 그냥 넘어가서는 안 되겠다는 생각이 들었다. 무엇보다 업무가 원활하게 돌아가야 했다. 나는 지시를 따르지 않는 스튜어드를 불러 아주 조용히 이야기했다.

"이게 두 번째 얘기하는 거예요. 내 말을 따라주지 않아서 일하기가 참 힘이 드네요. 어떤 조지가 필요하냐고 보고서를 올릴 생각이에요. 이해하죠?"

"아, 아닙니다. 하겠습니다."

내가 사무장의 권한으로 공식적인 조처를 취하리라는 것을 알고부터 그는 지시를 따르기 시작했다. 나는 녹록하게 보이지 않으려고 애썼다. '여자니까 모질게는 못할 거야' 라든지 '여자라서 그렇게는 안 할 거야' 같은 생각을 가질 수 없게끔 했다.

과장을 할 때도 말을 듣지 않는 부하직원들 때문에 골머리를 앓았지만 예상을 뒤엎고 강하게 나가자 지시에 따르기 시작했다. 무엇보다 업무를 숙달해 자신감을 키우고 부하직원의 어떤 질문에도 딱 부러지는 답을 할 수 있게 되자 그들은 나를 신뢰하기 시작했다. 그 이후로는 나를 얕잡아보거나 내 말을 귓등으로 흘려듣는 부하직원이 없었다. 이미 '이택금은 칼이다' 라는 평판이 널리 퍼져 있었다. 언젠가부터는 여자라고 나를 무시하는 게 아니라 오히려 너무 의식해 내 눈치를 보거나 더 잘하려고 '오버' 하기까지 했다. 내가 보고 있으면 긴장해서 흘리고, 떨어뜨리며 실수를 연발하는 직원도 있었다.

부하직원들이 지시를 잘 따르도록 권위를 갖추는 일 못지않게 그들이 일을 잘할 수 있는 여건을 만들어주는 것도 상사의 책임이다. 일에 몰두할 수 있도록 방해 요소를 제거해주는 것, 고충을 듣고 해결책을 제시하는 것, 격려와 칭찬으로 사기를 북돋워주는 것 등이다.

나는 문제가 발생할 조짐이 보이면 내게 보고하라고 지시한다. 그렇게 사전에 문제를 인지하고 내게 보고된 이상 모든 일은 내가 책임을 진다. 부하직원이 책임의 부담으로부터 벗어나 자신이 맡은 일에 몰두하도록 해야 좋은 결과가 나오며 그것은 결국 리더에게 돌아온다.

부하직원은 상사의 마음에 들지 않게 마련이다. 상사의 입장에서 보면 왜 나처럼 하지 못하는지(하지 않는지), 왜 그것밖에 안 되는지 답답하다. 대놓고 말하지 못하니 더 속이 탄다. 그러나 그들은 단지 나보다 경험이 적을 뿐이다. 그들도 일을 잘하고 싶어하고 잘하려고 노력한다. 성취동기도 높다. 구조적인 문제와 그 밖의 문제들이 장애물로 그들 앞을 가로막고 있을 뿐이다.

능력을 인정받지 못하는 부하직원이 있다면 열심히 노력하지 않은 탓이라고 생각할 게 아니라 열심히 노력할 수 없었던 이유를 찾아 잘할 수 있는 여건을 만들어주어야 한다. 손을 잡고 함께 앞으로 나아가는 게 리더의 역할이다. 일을 잘 못하는 부하직원은 일을 잘하려는 의욕이 없는 게 아니라 일을 잘할 수 없는 환경에 처해 있기 때문이다. 일이 적성에 맞지 않아서일 수도 있고 개인적인 사정으로 머릿속이 가득 차 있기 때문일 수도 있다. 맞지 않는 일을 계속 맡겨두면 본인도 괴로울 뿐 아니라 일의 생산성도 떨어진다. 이럴 때는 개인적인 배려와 동시에 일의 원활한 진행을 위해 담당 업무를 바꿔주어야 한다.

4년차 스튜어디스가 있었다. 그녀는 경력이 있는데도 서빙하는 일이 나아지지 않았다. 늘 서툴러 보였다. 손님 무릎에 음료를 쏟는다거나 하는 실수가 잦았고 친절함도 부족했다. 내가 물었다.

"미스 정, 요새 무슨 일 있어요?"

"아뇨, 없습니다."

"일하는 게 힘들어 보이는데……. 어려운 점 있으면 얘기해 봐요."

그녀도 내가 왜 그런 말을 하는지 짐작했을 터였다.

"실은…… 제가 수줍음을 너무 많이 타요. 4년이나 됐는데도 아직까지 손님들 앞에 나가면 긴장이 돼서…… 아무리 해도 자연스러워지지 않네요."

3년차 승무원들은 이등석의 갤리에서만 일하고, 4, 5년차는 객실에서 서빙만 한다. 그러나 나는 그녀를 갤리 업무로 바꿔주었다. 그녀는 훨씬 행복해 보였고 물론 일도 잘했다.

그녀처럼 힘든 점을 상사에게 솔직히 말하는 사람은 그러나 그리 많지 않다. 무능해 보일까봐 어려움을 잘 털어놓지 않는다. 이야기하면 도와줄 텐데 하지 않으니 도와줄 방법도 없다. 이럴 때는 부하직원이 마음을 열 수 있도록 해주어야 한다. 그렇게 그가 처한 환경을 알 수

여자로 태어나 대기업에서 별 따기

있어야 한다. 그러기 위해서는 회식이나 근무 시간 외의 모임까지 챙겨야 한다. 술잔을 기울이기도 하고 함께 어울려 놀면서 부하직원의 속마음을 엿볼 수 있는 기회가 생긴다.

부하직원을 칭찬하거나 질책하는 일도 중요한 기술이다. 좋은 이야기나 칭찬은 듣는 사람도 기쁘지만 해주는 사람도 즐겁다. 그러나 질책하기란 피곤한 일이다. 특히 여성은 싫은 소리를 하고 싶어하지 않는다. 그러나 피드백은 반드시 필요하고 피드백이 효과를 거두려면 구체적이어야 한다.

질책을 잘하려면 '너'가 아니라 '나'를 주어로 말하는 'I-Message'나 '우리'를 주어로 하는 'We-Message'로 한다. 예를 들어 나를 주어로 하는 문장은 "또 지각입니까?" 대신 "또 늦어서 내가 많이 걱정했습니다"이다. 우리를 주어로 하는 문장은 "몇 번을 말해야 알겠습니까? 보고서는 이렇게 쓰는 게 아니라니까" 대신 "우리 같이 이 보고서를 읽고 문제가 무언지 검토해봅시다"이다.

또한 일이 잘못됐을 때는 벌점을 주지만 동시에 위로하고 달래주어야 한다. 그리고 현장에서 그때그때 지적하는 것은 오히려 역효과를 가져올 수도 있다. 한편 칭찬은 아주 사소한 것도 자주자주 해줘야 한다. 칭찬은 그때그때, 질책은 사후에 하는 편이 훨씬 효과가 좋다.

TIP For Success

부하직원을 질책하는 것도 상사의 일이다. 질책을 못하는 상사는 직무를 유기하고 있는 것이다.

강력한 팀워크를
만들어라

36

직급이 올라갈수록 사람을 볼 때 그의 됨됨이가 아니라 그가 한 일의 성과를 보게 된다. 따라서 상사와는 얼마든지 잘 지낼 수 있다. 지시 사항을 잘 따르고 원하는 일을 잘 처리하기만 하면 된다. 특별히 비위 맞출 필요는 없다. 그러나 부하직원이라면 사정은 달라진다. 그들은 다루기가 훨씬 어려우며 상사가 호흡을 맞춰줘야 좋은 결과가 나온다.

팀워크란 팀원들이 룰을 지키고, 협력하며 공동의 목표를 달성하는 것이다. 그리고 그 기초는 서로의 의견을 존중하고 갈등을 극복하는 데 있다. 성공한 리더란 팀원의 능력을 한데 모아 가장 좋은 결과를 이끌어내는 사람이다. 또한 자기 혼자 다른 부하직원들을 끌고 나가는 것이 아니라 팀원들이 서로 협력하고 각자가 능력을 발휘할 수 있는 분위기를 만들어주는 사람이다. 팀원들을 신뢰하고 그들이 각자 어떤 장점을 지니고 있으며 어떻게 해야 더욱 일을 잘할 수 있는지를 알아내는 것은 리더의 몫이다.

비공식적인 자리를 자주 만들어 허심탄회한 대화를 하고 살갗을 부

여자로 태어나 대기업에서 별 따기

대끼며 인간적인 유대감을 형성하는 것도 중요하다. 직장인에게 회식은 업무의 연장이다. 그리고 모두 그 사실을 알고 있다. 그렇기 때문에 회식이 잦으면 스트레스를 받는 것이다. 특히 여성들은 집안일로 일찍 귀가해야 하기 때문에 회식 불참을 이해해달라거나, 참석한다 해도 일찍 자리를 뜨는 등 어떻게든 업무 외의 모임에 빠지려고 한다. 이런 부하직원을 비공식적 모임에 참석시키려면 그 시간을 즐겁고 유익한 것으로 만들어주어야 한다.

무엇보다 팀원끼리 함께 산행을 하고 술을 마시거나 노래방을 가는 일이 중요한 네트워크 형성 과정이고, 그런 자리가 일로 쌓인 스트레스를 푸는 데 효과적임을 깨닫게 해주어야 한다. 그런 자리에서 오가는 정보와 비하인드 스토리, 유대감은 강력한 팀워크를 만드는 데 중요한 요소다.

또한 비공식 네트워크는 직업적인 성공을 위해 반드시 필요하다. 네트워크 안에 있는 사람들은 정보뿐 아니라 정서를 공유하며 서로가 서로의 든든한 지원군이 되어준다.

남성보다 네트워킹에 취약한 여성은 사실 네트워킹에 필요한 많은 조건들을 갖추고 있다. 여성의 강점을 활용하라. 모임에 참석해 어울리는 방법이 가장 확실하지만 같이 술을 마시지 못하면 작은 선물을 챙기거나 상대방에게 관심을 보이는 것으로 계기를 마련할 수 있다.

이를테면, 아이나 배우자에 관해 상대방으로부터 이야기를 들었다면 잊지 않고 다음번에 물어봐 줄 수 있다. 비공식적인 자리에서 가정 문제에 대한 고민을 들어주거나 상담을 해줄 수도 있다. 여성만이 할 수 있는 것 중에 하나가 가정사 상담이다. 특히 남자들은 가정사에 관한 한 상사의 조언을 듣기보다 다른 믿을 만한 여성의 조언을 구하는 경우가 많다.

리더 역시 비공식적 모임의 중요성을 충분히 인식하고 있어야 한다. 부하직원들이 상사에게 마음을 여는 것은 같이 술을 마시면서부터다. 사무실이 아닌 공간에서 평소와 다른 모습, 약간 풀어진 인간적인 모습을 보여주는 것도 좋다. 팀과 호흡을 맞추는 데 유용하다. 공식적인 만남에서는 할 수 없는 이야기도 할 수 있다. 술이 없으면 하지 못하는 이야기들이 분명히 있다. 꼭 마실 필요는 없지만, 확실히 술은 묘한 마력이 있어서 관계를 보다 부드럽게 해준다.

비공식적인 모임을 갖기 좋은 자신만의 장소를 개발하는 것도 필요하다. 나는 싸고 분위기 좋은 카페나 술집을 많이 알고 있다. 전혀, 색다른 분위기를 제공하면 모임은 훨씬 즐거워진다. 나는 한식, 중식, 양식 별로 단골 식당도 만들어두었는데 주인과 친해두면 특별대우를 받을 수 있기 때문이다. 평소에 팁도 넉넉하게 지불하는 편이다. 그렇게 하면 나뿐만 아니라 동행에게도 보다 좋은 서비스를 받게 할 수 있다.

비공식 모임에 나가지 않다보면 어느덧 네트워크가 허약해진다. 정보면에서 뒤떨어지게 되고 동료관계도 멀어진다. 뿐만 아니라 새로운 인맥을 형성할 수 있는 기회도 줄어든다. 팀워크를 다지는 방법으로 비공식적 모임만큼 효과적인 것도 없다. 리더는 이 점을 잊지 말고 늘 모임을 주도하고 그 자리가 즐겁고 유익한 것이 되도록 노력해야 한다.

여자로 태어나 대기업에서 별 따기

강력한 팀워크 만들기

- 팀원들이 서로 의견을 교환하고 피드백을 주고받도록 유도하라.
- 회의를 독점하지 말라. 회의는 지시하기 위해서가 아니라 팀원들의 의견을 듣기 위해 있는 자리다.
- 팀원의 실수를 허용하라. 실수하지 않으면 배울 수도 없다.

업무 곳곳에서
기지를 발휘하라

37

비행기 안에서 소지품을 분실한 경우 대개는 찾게 된다. 변기에 빠뜨린 다이아몬드 반지도 찾을 수 있다. 한번은 기내에서 한 승객이 다이아몬드 반지를 분실했다는 보고가 들어왔다. 반지 주인은 비즈니스 클래스에 탑승한 여성 승객이었다. 깨끗하고 편안한 퍼스트 클래스 화장실을 쓰다가 2캐럿짜리 다이아몬드 반지를 잃어버렸다고 했다.

2캐럿짜리 다이아몬드라니, 웬만한 사람은 구경도 못하는 보석이었다. 그러나 그녀 다음에 화장실을 사용한 승객은 없었다. 그러니 누군가 고의로 훔쳐간 것은 아니었다. 자초지종을 들어보니 그녀는 다른 클래스 화장실을 사용한 게 미안해서 반지를 빼고 휴지로 변기를 닦다가 그만 변기 안으로 반지를 빠뜨렸다는 것이었다. 그 승객은 이제 거의 울부짖고 있었다.

서울에 착륙한 후 기장에게 보고했더니 변기에 연결된 밸리를 뜯고 그 안을 찾아야 한다고 가르쳐주었다. 비행기가 착륙하면 수십 명의 직원이 비행기 점검 및 정비 작업을 한다. 기장은 정비감독에게 화장

여자로 태어나 대기업에서 별 따기

실 넘버를 알려주고 반지를 찾아달라고 부탁했다.

승무원들은 모두 비행기에서 내렸지만, 비행기 밑에서는 반지 찾기 소동이 한창이었고, 사무장인 나는 승객과 함께 비행기에 남아 반지가 찾아지기만을 기다리고 있었다. 이런 사례는 처음일뿐더러 사무장이 된 지도 얼마 되지 않은 때라 나는 서비스의 길은 멀고도 험난하다는 사실을 몸소 체험하고 있었다. 두 시간 후, 마침내 반지가 나왔다. 두 시간 동안 장갑을 끼고 오물을 뒤져 반지를 찾아낸 직원은 나중에 표창을 받았다.

그러나 도난당한 물건은 찾을 방법이 없다. 그 많은 승객들의 가방을 일일이 검사할 수도 없고 그런 무례를 범해서도 안 된다. 예전에는 그런 모습을 거의 볼 수 없었으나 요즘 여성 승객들은 화장실에 핸드백을 들고 가는 센스가 있다. 그래서인지 분실 사고는 거의 일어나지 않는다.

파리행 비행기였다. 세 좌석 중 가운데 앉은 여성 승객이 돈을 잃어버렸다고 호소했다. 친구가 파리에 있는 사람에게 전해달라고 건네준 천 달러 상당의 프랑이 들어 있는 돈 봉투가 없어졌다는 것이었다. 착륙 두 시간 전 식사 서비스가 나간 후에 내릴 준비를 하려고 가방을 살펴보다가 봉투가 없어진 사실을 알게 되었다고 했다.

"그동안 화장실을 여러 번 들락날락 했는데 그때 없어진 것 같아요. 이를 어쩌면 좋아. 제발 돈을 찾아주세요. 내 돈도 아니고 친구가 부탁한 건데……."

사무장 좌석까지 찾아와 발을 동동 구르는 손님의 모습이 안타까웠다. 큰돈을 잃어버린 그녀의 심정은 충분히 이해가 되지만 참으로 난

감한 일이었다. 승객들 몸수색을 할 수도 없고 경찰에 신고할 수도 없는 노릇이었다. 그 많은 승객들을 잠재적인 도둑으로 몰아 경찰의 조사를 받게 한다는 건 서비스하는 입장에서는 절대 도리가 아니었다. 그렇다고 승객 본인의 실수이니 우린 모른다는 태도로 나갈 수도 없었다. 이제 착륙까지는 한 시간 반 남짓 남아 있었다. 왜 이런 사례는 고객 응대 매뉴얼에 나와 있지 않은 것일까. 그러다 좋은 아이디어가 떠올랐다.

"손님, 가서 앉아 계세요. 그리고 현금은 다른 곳에 챙겨두고 핸드백 지퍼를 조금 열어놓으세요. 제가 곧 가겠습니다."

그 승객을 좌석으로 돌려보내고 조금 후 뒤따라갔다. 봉투를 가져간 사람은 분명 그녀 주위의 승객일 터였다. 나는 일부러 다른 손님들이 듣게끔 말했다.

"손님, 걱정하지 마십시오. 저희가 꼭 찾아드리겠습니다. 파리 경찰에 신고를 해놓겠어요. 비행기가 착륙하면 경찰이 와서 조사를 할 겁니다. 그러니 안심하십시오. 괜히 파리 경찰입니까. 파리 경찰은 철저하기로 아주 유명합니다. 참, 그리고 이리로 나오세요. 어떻게 해서 분실했는지 저희에게 경위를 자세히 말씀해주셔야 하거든요."

돈을 잃어버린 승객을 데리고 내 자리로 돌아왔다.

당시 천 달러나 되는 프랑을 소지하고 다니는 손님은 많지 않았다. 그렇지만 자기 돈이라고 우기면 증명하기가 쉽지 않을 터였다. 우리는 초조한 마음으로 열어놓은 핸드백 속에 봉투가 돌아와 있기를 간절히 기다렸다. 어느새 기장의 안내방송이 흘러나왔다. 이제 40분 후면 착륙할 시간. 그 승객이 좌석으로 돌아간 지 얼마 후 손을 흔들며 외쳤다.

"잠깐만요, 잠깐만 와보세요."

나는 그녀에게 다가갔다.

"찾았어요!"

너무나 기쁘고 고마웠다. 우리의 완벽한 승리였다. 돈을 분실했던 승객이나 가져간 승객, 그리고 번거로운 일을 당하게 될지 모른다고 염려하고 있었을 다른 모든 승객들, 그리고 우리 승무원들의 승리였다. 비행기가 가뿐하게 공항에 도착했을 때 모두가 가벼운 마음으로 파리에 내릴 수 있었다.

일하다 보면 순간순간 기지를 발휘해야 할 경우가 수시로 발생한다. 크든 작든 위기에 봉착하면 당황하게 마련이다. 이럴 때일수록 침착해야 한다. 당황하면 어떤 아이디어도 떠오르지 않기 때문이다. 일상 업무 곳곳에도 기지를 발휘해야 할 부분이 숨어 있다.

거짓말을 해야 할 때도 있고, 나중에 생각해보면 그때는 왜 그런 생각을 못했을까 후회하게 되는 경우도 있다. 거짓말을 하되 거짓말을 한 자신을 포함해 아무도 다쳐서는 안 되며, 후회하지 않으려면 위기의 순간 침착하게 생각하는 마음의 여유도 가질 줄 알아야 한다.

TIP For Success

묵묵히 소처럼 일하되 여우처럼 머리를 굴려라.

위기 대처에
능하라

38

어떤 기내식이 나올까는 승객들뿐 아니라 승무원들에게도 기대되는 부분이다. 특히 스튜어디스를 막 시작한 무렵에는 비행기에 실린 맛있는 음식을 먹는 일이 큰 즐거움이었다. 지금은 어림도 없는 일이지만 그때만 해도 기내식을 탑재하는 직원을 졸라 승무원 식사를 몇 개씩 더 받아내곤 했다. 국내선을 타던 시절, 그 직원에게 또 어리광을 부리며 부탁을 했다.

"아저씨, 우리 너무 배고파요. 맛있는 거 뭐 없을까요?"

"아이고, 우리 아가씨들 배고프면 안 되지. 조금만 기다려. 내가 맛있는 것 갖다줄게."

그는 이내 국제선용 미제 주스를 가져다주었다. "세상에 이렇게 맛있는 주스가 있다니." 그날 기내 승무원들은 너도나도 그 주스 맛에 감탄했다. 그런데 얼마 후 국제선을 타니 비행기 안에 온통 맛있는 것뿐이었다. 우유도 먹어보기 힘들던 시절인데 치즈에 케이크에 스테이크까지. 고기도 기가 막히게 맛있었다. 홍콩으로 갈 때는 중국식으로, 일본으로 갈 때는 일본식으로 기내식이 나와 다양한 맛을 즐길 수도 있었다.

먹을 게 별로 없던 때, 집에서 한식만 먹다가 처음 맛보는 이런 음식들은 내겐 충격이었고 직장생활의 낙이었다. 특히 퍼스트 클래스에 나오는 음식들은 뭐든지 최고급이었다. 이름도 못 들어봤던 캐비어며 랍스터, 로스트비프, 그 밖에 깜짝 놀랄 만큼 달고 시원한 간식들. 식사는 승객 수에 맞춰 실어도 간식은 여유가 있었기 때문에 우리는 일부러 퍼스트 클래스에 찾아가 시니어 스튜어디스들에게 이렇게 묻곤 했다.

"뭐 도와드릴 일 없어요?"

일이 끝나면 또 물었다.

"뭐 남은 거 없어요?"

지금은 비행기에서 내리면 느글느글한 속을 달래줄 김치 생각부터 나지만 그 시절에는 기내식에 대한 기대와 그것을 먹는 즐거움 때문에 고단함을 잊을 수 있었다. 승객들도 비행기를 타면 가장 크게 기대하는 게 기내식이다. 기대가 큰 만큼 불만 사항도 가장 많이 발생했다.

어느 해 추석 명절, 사무장 시절이었다. 호놀룰루행 비행이었는데, 60인분의 식사가 모자라는 상황이 발생했다. 출항 전 점검할 때 필요한 300인분이 모두 실렸다는 보조 사무장의 보고를 받았는데, 확인 담당 직원이 식사를 담은 카트를 한쪽만 열어보고 아무것도 들어 있지 않은 다른 쪽은 열어보지 않은 탓이었다.

도착 두 시간 전, 영화는 이미 끝나 있었고 이제 마지막 서비스가 나갈 차례였다. 없는 음식을 공중에서 어떻게 조달한단 말인가. 1, 2인분도 아니고 60인분을 만들어낼 수도 없고 승무원들 몫을 다 내놓는다 해도 턱없이 모자라는 수량이었다. 식사는 당장 나가야 하는데 어떤 승객에게는 드리고 어떤 승객에게는 안 드린다면, 그 항의를 어떻게 감당한단 말인가. 그렇다고 모든 승객에게 식사를 안 드린다는 것도 말이 되지 않았다. 이런 일은 듣지도 겪지도 못했었다. 아아, 이 일을 대체 어쩐다. 덥지도 않은데 이마에 땀방울이 맺히기 시작했다.

식사가 나가기 전에는 보통 식사가 나간다는 방송을 하고 조명을 켠다. 대부분 잠들어 있던 승객들은 그 소리를 듣고 부스스 일어나 식사할 준비를 한다. 그러나 식사보다는 수면을 선택해 깨우면 싫어하는 승객도 꽤 있다. 그래서 우리는 방송을 하지 않고 앞자리의 승객이 볼 수 없게 서비스도 앞이 아니라 뒤에서부터 하기로 했다. 불도 뒤쪽만 가장 약한 밝기로 줄이고 앞쪽은 꺼서 캄캄하게 해놓았다.

드디어 식사가 나가기 시작했다. 최대한 빠르게, 최대한 조용히. 그렇게 소리 없는 분주함 속에서 240인분의 식사가 모두 나갔다. 그런데 앞쪽의 일본인 승객이 깨어났는지 몸을 일으켰다. 내가 다가가 말했다.

"곤히 주무시기에 깨우지 않았습니다. 시장하지 않으신가요? 빵과 차라도 가져다드리겠습니다."

식사에 포함된 빵 한두 개쯤 남기는 승객이 많아 빵은 꽤 있었다.

"내가 너무 잘 잤나보군요. 고맙지만 됐습니다. 배고프지 않아요. 식사는 나중에 내려서 하죠."

착륙 40분 전, 곧 호놀룰루에 도착한다는 기장의 안내 방송이 울려 퍼졌고, 무슨 일이 일어났는지도 모르고 곤히 잠들어 있던 승객들까지 모두 일어났다. 마치 아무 일도 없었던 것처럼 그들은 비행기에서 내렸고, 가까스로 위기를 넘긴 승무원들은 안도의 숨을 내쉬었다. 하지만 당연히 받아야 할 서비스도 받지 못한 채 수면을 방해하지 않으려는 선의로 해석했을 승객들을 생각하면 죄송하기 짝이 없는 일이었다.

예기치 못한 일에 맞닥뜨리면 누구나 당황하게 마련이다. 이럴 때일수록 침착해야 한다. 침착한 중에 좋은 대처 방안이 나온다. 어쩌면 살아간다는 것은 순간의 위기를 극복해나가는 일일지도 모른다. 문제를 해결하고 위기에 대처하는 능력이 평가받는 까닭은, 그것이 이 예측불허의 세상에서 살아남는 생존 능력이기 때문이다.

TIP For Success

예측불허의 게임을 즐겨라. 위기는 아무 때나 찾아오고, 게임을 많이 해본 자가 위기도 잘 넘길 수 있다.

판단은 냉철하고
빠르게 하라

39

탑승이 시작되면 사무장은 출입구 맨 앞에 서서 승객들을 맞는다. 이때 인사를 하면서 승객들을 유심히 관찰하게 된다. 오늘은 어떤 승객들이 타는지, 환자는 없는지 알아야 하기 때문이다. 30년 넘게 비행기를 타다보니 이젠 관상쟁이가 다 되어 얼굴만 봐도 승객의 상태를 짐작할 수 있다. 생김새가 비슷한 한국인과 중국인, 일본인도 확연히 구분이 가서 "어서오세요" "니 하우마" "이랏샤이마세"를 잘못 사용하는 법이 없다.

사무장 정도면 누구나 자연스럽게 알 수 있게 된다. 이분은 한 잔 걸치셨고, 이분은 골치가 아프고, 이분은 장에 문제가 있고, 이분은 '고위층'이고, 이분은 우리 회사에 불만이 있고……. 몸이 안 좋은 손님 몇 분, 술 취한 손님 몇 분, 과로한 손님 몇 분, 불만 있는 손님 몇 분, 탑승 시 대개 입력이 된다. 그런 사항을 빨리 알아채야 나중에 대응할 때 일이 수월해진다. 내 짐작은 거의 맞는 편이다.

탑승 후 대여섯 시간이 지나고 한창 비행중일 때였다. 그 구역을 담당하는 스튜어디스가 와서 보고를 했다.

"사무장님, 56번 손님께서 다른 항공사와 비교하며 우리 회사에 불만을 제기했습니다."

가보니 아까 탑승할 때 내가 '불만 있는 승객'으로 점찍은 손님이었다. 모르는 체하고 내가 물었다.

"식사는 하셨습니까?"

"했습니다. 그런데 음식이 입에 맞지 않아서 많이 못 먹었소."

그렇게 대화를 유도하면서 불만을 경청하다 보면 어느새 승객의 마음은 풀어져 있곤 했다.

승객이 탑승하는 순간부터 사무장은 긴장한다. 어떤 승객이 타는지에 따라 그날의 비행 내용이 결정되기 때문이다. 사무장은 그 짧은 순간에 여러 가지를 판단해야 한다.

로스앤젤레스에서 서울로 돌아오는 비행기였다. 출입문이 열리고 여느 때처럼 입구 앞에 서서 환영 인사를 하는데 휠체어에 탄 노인이 보였다. 문앞까지는 휠체어 이동이 가능하지만 객실로 들어갈 때는 걸어서 가야 했다. 그러나 노인은 간신히 몸을 일으켰을 뿐 걷지를 못했다. 여든쯤 돼 보이는 노인은 눈도 거의 감고 있었다. 내가 물었다.

"할아버지, 어디 편찮으세요?"

"응. 내가 몸이 안 좋아."

"보호자가 있으신가요?"

"보호자는 없고, 우리 아들이 여기까지 데려다주고 갔어. 일단 서울까지 갔다가 내려서 대구까지 가는 비행기 또 탈 거야."

"무슨 일로 혼자 가시는 거예요?"

"나 죽으러 가."

"네?"

"살 날이 얼마 안 남아서 자식들한테 고향에 보내달라고 했거든."

"아…… 화장실은 혼자 갈 수 있으세요?"

"보이기만 하면 갈 수 있을 것 같은데 영 앞이 안 보이네."

암을 앓고 계신 것 같았다. 가망이 없어 모두 손을 놓고 당신도 마지막이라는 걸 알고 고향으로 돌아가는 팔순의 노인. 마음이 아팠다. 장시간 비행기를 타실 수 있을지도 걱정이 되었다. 로스앤젤레스에서 서울까지 열두 시간, 젊은 사람들도 피곤한 여행이었다. 평소 건강을 자신하다가 비행기에서 갑자기 쓰러져 정신을 잃는 승객도 많았고 정신은 멀쩡한데 몸이 마비되는 승객도 있었다.

한번은 50대 여성 승객이 쓰러진 적이 있었다. 정신도 온전하고 묻는 말에 대답도 했지만 아무리 해도 몸이 말을 안 듣는다며 일어나지를 못했다. 부축해 일으키려고 해보았지만 그녀는 그냥 바닥에 누워 가고 싶다고 했다. 다행히 착륙하기 일 나 전이어서 기장은 관제탑에 연락해 앰뷸런스를 불렀고, 앰뷸런스가 활주로까지 와 그녀를 실어갔다.

기내에서 아기를 낳을 뻔했던 승객, 간질 발작을 일으켰던 승객, 빈혈로 쓰러졌던 승객…… 아찔했던 순간들이 떠올랐다. 노인에게 여행은 아무리 생각해도 무리였다. 그러나 노인은 우리가 요구하는 서류를 모두 갖추고 있었다. 항공 여행을 해도 무방하다는 의사의 소견서도 있었다. 그러나 짧지 않은 경험에서 나온 직관으로 나는 그분이 여행을 하기 힘들다는 것을 알 수 있었다.

비상 착륙을 하게 될 가능성이 있었고 그렇게 되면 349명의 다른 승객들은 제 시간에 목적지에 도착할 수 없게 된다. 무엇보다 노인 자신

여자로 태어나 대기업에서 별 따기

에게 위험한 일이었다. 비행기 여행이 아니었으면 겪지 않아도 될 위험에 처할 수도 있었고, 고향에 가기 위한 여행 때문에 영영 고향 땅을 밟지 못하게 될 수도 있었다. 그러나 우리가 탑승을 거부할 수는 없었다.

나는 잠깐 갈등했다. 어떻게 할 것인가.

승객의 상태를 모르는 상황이라면 모를까 알면서도 탑승하게 할 수는 없었다. 나는 그분께 말했다.

"대단히 죄송합니다. 다음 편 비행기로 가시는 게 좋겠습니다. 저희가 보호자 서약을 드릴 테니 아드님께 사인을 해달라고 하세요."

비상 상황이 생기면 책임을 지겠다는 가족의 약속이 필요했다. 그런 약속을 할 만큼 노인이 건강하지 못하다면, 아무리 고향에 가고 싶은 그분의 소망이 간절해도 장거리 여행을 하게 할 수는 없었다.

그렇게 나는 탑승을 거부했다. 수십 년 만에 고향으로 돌아가겠다는 분을 내가 태우지 않은 것이다. 할아버지를 위해서. 그리고 다른 승객들을 위해서. 그리고 그런 판단과 결정은 채 몇 분 되지 않은 사이에 내려졌다.

이틀 후, 할아버지는 가족의 서약서를 갖추어 무사히 고향으로 돌아가셨다. 그 이야기를 전해 듣고 몹시 기뻤지만 내 판단에 후회는 없다. 똑같은 경우가 생긴다 해도 나는 그때처럼 했을 것이다. 승객의 안전보다 더 중요한 사항은 없기 때문이다.

판단하고 결정하는 일은 어려운 것이다. 책임이 뒤따르기 때문이다. 그리고 대개의 판단과 결정은 많은 시간을 허락하지 않는다. 충분히 오랜 시간이 주어지는 한 누구나 올바른 판단과 최선의 결정을 할 수 있다. 그러나 우리가 일하는 현장에서는 그렇지 않은 경우가 대부분이다.

- 당신이 내린 판단과 결정의 책임은 당신에게 있다. 판단 착오가 분명해지면 솔직히 인정하라.
- 어떤 경우에도 정실에 이끌려서는 안 된다. 정실에 이끌린 결정은 일을 그르칠 뿐 아니라 결과적으로는 양쪽 모두에게 이득이 되지 않는다.

여자로 태어나 대기업에서 별 따기

인생에는 정년이 없다

스물셋에 첫 비행을 시작해 하늘에서 보낸 세월 33년. 이제 일본 비행을 마지막으로 정년퇴직을 하게 되었다. 그동안 열심히 일했고, 무엇보다 나이도 있으니, 이젠 집에서 편히 쉬며 여생을 즐기라는 소리를 종종 듣는다. 그러나 나는 아직 하고 싶은 일이 많다. 그리고 여전히 진로를 고민하고 있다.

남들은 농담인 줄 알고 웃지만 동네에서 포장마차라도 해야 하는 것 아닌가 진지하게 생각해볼 때도 있다. 혹은 짧지 않은 동안의 서비스업 경험을 살려 젊은 세대에게 내가 갖고 있는 노하우를 전수할 수도 있고, 누군가 도움이 필요한 사람에게 내가 가진 시간이나 노력을 나누어줄 수도 있다. 무슨 일이든 내가 잘할 수 있는 분야는 아직 남아 있을 것이다.

일에 전념하느라 충분히 누리지 못했던 취미생활도 갖고 싶다. 비록 작지만 마당이 있는 집을 마련해 나무도 심고 꽃씨도 뿌리고, 정원 가꾸고 집 꾸미며 여가를 즐기는 게 내 꿈이다. 사랑하는 조카 윤희와 둘이서 떠나는 외국여행도 벼르고 있는 일 가운데 하나다.

하루종일 아무것도 안 하고 뒹굴며 지내고 싶은 마음도 있다. 심심하면 텔레비전 보고, 책도 읽고, 맛있는 음식도 해먹으면서. 그것도 지치면

낮잠을 잘 것이다. 저녁이 되어 부스스 깨어나면 휠체어에 동생을 태우고 공원을 한 바퀴 돌고 오리라. 그렇게 푹 쉬고 싶다.

그러나 나는 알고 있다. 휴식은 충전을 위한 시간일 뿐 쉬는 것 자체가 목적은 아니라는 것을.

정년을 맞는 사람들이 회사를 떠나면서 갖는 허탈감이 사회적으로 문제가 되고 있다. 수십 년간 일했던 곳을 떠날 때 찾아오는 공허를 다스리지 못하면 쉽게 쓰러질 수밖에 없다. 일에서 보람을 느껴온 사람들에게 정년퇴직이란 인생의 끝이라는 느낌을 줄 수 있다. 이런 위기를 잘 넘기지 못해 허탈과 무기력에 빠지는 사람들을 종종 보는데 조직에서의 은퇴가 삶으로부터의 퇴출은 결코 아니다.

정년퇴직했다고 모든 게 끝이라면 그처럼 황폐한 인생도 없다. 삶에서의 완성은 정년 이후부터이며, 정년은 또 하나의 새로운 시작이다.

정년퇴직이란 내가 내 인생의 CEO가 될 수 있는 계기이자, 조직보다는 나 자신을 위해 온전히 열정을 바칠 수 있는 기회다.

보람도 많지만 어쩔 수 없이 하는 부분도 없지 않은 것이 회사 일이라면, 정년퇴직 이후로는 하고 싶은 일만 열심히 할 수 있지 않을까. 앞만 보고 바쁘게 뛰어오느라 돌아보지 못했던 이웃, 나를 키워준 사회에 봉사하는 것도 정년퇴직 이후에 마음껏 할 수 있는 일 가운데 하나다.

얽매이지 않고 자유롭게 시간을 쓰면서 삶의 기쁨을 누릴 수 있다. 돈이 많아서가 아니라 시간이 많아서 할 수 있는 일은 얼마든지 많다.

인생의 정년은 없다. 일도 사랑도 지금까지보다 더 뜨겁게 하고 싶다.

여자로 태어나 대기업에서 별 따기

세월이 가면 뜨겁게 살고 싶어도 몸이 따라주지 않겠지만, 서서 못하는 일은 앉아서 하고, 앉아서도 안 되면 누워서 하면 된다. 적어도 지금까지 살아온 세월의 반만큼은 내 앞에 놓여 있다.

지나온 시간들보다 더 뜨겁게, 더 열정적으로 살고 싶다. 자, 이제 다시 떠나자.

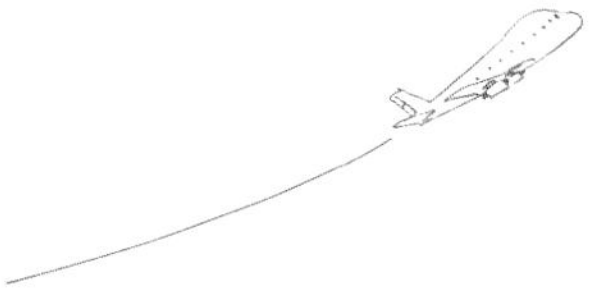